Oliver Brendel

MEDIENFUZZI

Alles außer woke

proSport GmbH, Aiblinger Straße 6, D-83104 Maxlrain

www.thomaseglinski.de

Auflagendruck: Elanders, Waiblingen
Druck »Print-on-Demand«: Druckerei und Druckort siehe letzte Seite

Umschlaggestaltung: Sabine Schröder
Umschlagillustration: Jonathan – stock.adobe.com
Innengestaltung und Satz: Satzwerk Huber, Germering

ISBN Print: **978-3-910964-09-9**
ISBN eBook: **978-3-910964-10-5**

Bibliografische Information der Deutschen Nationalbibliothek:
Die Deutsche Nationalbibliothek verzeichnet diese Publikation in der Deutschen Nationalbibliografie; detaillierte bibliografische Daten sind im Internet über http://dnb.d-nb.de abrufbar.

Die Druckausgaben werden kombiniert sowohl als Auflagendruck als auch im Print-on-Demand-Verfahren hergestellt.
Damit vermeiden wir unnötigen Papierverbrauch, Lieferstrecken und Lagerkosten.
Gleichzeitig sichern wir die Aktualität und dauerhafte Verfügbarkeit des Buches.

Die eBook-Version ist weltweit lieferbar über Amazon Kindle (Geräte & Apps), die tolino-Allianz und zahlreiche weitere Distributoren.

2. Oktober 2025

Oliver Brendel

MEDIENFUZZI

Inhalt

1. Ich bin nur ein Fuzzi

Was heißen soll, dass ich kein kluger Mann bin. Das soll über allem stehen, was ich sage, tue oder schreibe. Nach über fünf Dekaden voller Verschwörungstheorien, die sich später einfach nur als Wahrheit entpuppen, unzähligen Experten, die schlicht nur blanken Unsinn erzählen, und Politikern, die schamlos gelogen haben, möchte ich auf keinen Fall einer dieser Menschen sein, der vorgibt, die ultimative Weisheit zu besitzen und die reine unverfälschte Wahrheit zu kennen.

Manchmal halten mich Leute für sehr klug, weil ich viele Details kenne, zum Beispiel, dass Ricarda Lang in ihrem Wahlkreis Backnang – Schwäbisch Gmünd 2021 nur Fünfte war und sogar 2992 weniger Erststimmen erzielt hat, als die Grünen dort Zweitstimmen holten. Aber dafür braucht man nur ein halbwegs funktionierendes Gedächtnis und Google. Sie werden das jetzt sicher auch nie wieder vergessen und schon sind wir gleich klug.

Nein, mir sind Herz, Humor und Haltung sehr viel wichtiger als vermeintliche Intelligenz. Meine Helden sind kreativ, haben Empathie, nehmen sich und alles nicht so ernst und steuern gelassen und unperfekt durchs Leben. Deswegen lasst uns alle Fuzzis sein und es mit dem weisen griechischen Philosophen Sokrates halten, der schon viele Jahre vor Christi Geburt sagte: „Ich weiß, dass ich schief beiß.“ Und damit hellsichtig unsere heutigen hohen Rechnungen für Kieferorthopäden vorhersah. In diesem Sinne, viel Spaß mit „Der Medienfuzzi – Alles außer woke“.

Wer ist der Medienfuzzi?

Gestatten, mein Name ist Oliver Hermann Brendel. Ja, ich weiß, wegen meines zweiten Vornamens ist noch immer ein Verfahren am internationalen Gerichtshof für Menschenrechte anhängig. Leider haben meine Eltern sich durch frühes Ableben ihrer gerechten Strafe entzogen.

Aber selbst „Hermann" konnte mich nicht aufhalten. Nachdem ich ein BWL-Studium erfolgreich abgeschlossen hatte, überraschte ich mein Umfeld damit, dass ich ab jetzt Praktikant in der Trash-Talkshow Arabella Kiesbauer werde. Dafür wollten mich meine Eltern enterben, nachdem ich in den kommenden sieben Jahren aber sechsmal befördert wurde und schließlich den gesamten Bereich Daytime bei *ProSieben* geleitet habe, nahmen sie dann davon Abschied. Enterbt haben sie mich dann für meine Ehe mit einer 20-jährigen Gogo-Tänzerin.

Sie werden jetzt die Stirn runzeln und sagen: „Meine Güte, was sollen denn diese müden Scherze?" Aber was Sie müde Scherze nennen, nenne ich Leben. Meine Tätigkeit als „Medienmanager" brachte mich in insgesamt fünf Länder, meine Persönlichkeit wandelte sich von Idiot zu Halbidiot und schließlich saß ich plötzlich in Berlin vor einer Kamera, hatte einen YouTube-Kanal und fand das Ergebnis schrecklich.

Wie wurde ich der Medienfuzzi?

2021 verschlug mich mein unstetes Leben nach Berlin. Meine dritte Ehe bedurfte einer räumlichen Trennung und so arbeitete ich für verschiedene Berliner Medienfirmen als Berater und Producer.

Ein wohlmeinender Mensch hatte dann die Idee mit dem YouTube-Kanal. (Nicht mal das habe ich mir selbst ausgedacht.) Begeistert war ich nicht. Ich fühle mich vor Kameras und Menschenmengen zwar wohl, aber all die Zellgetürme, die ich in meinen Medien-Jahrzehnten treffen musste, die unbedingt ins Rampenlicht wollten, waren mir eigentlich zuwider. Meine ersten Schritte können Sie nach wie vor auf YouTube begutachten. Ich würde es ja nicht tun, aber nun ja, es ist ein freies Land.

Die am frequentliest gestellten Fragen:

Warum trägt der Fuzzi einen Smoking?

Offiziell, weil er seinen Fuzzis zumindest zweimal die Woche den Respekt eines gut gekleideten Menschen erweisen möchte. Die Wahrheit ist aber, dass ich mir nicht ständig Gedanken machen wollte, was ich anziehe, und meinen Hochzeits-Smoking hatte ich ja sowieso im Schrank.

Wer sind diese unsichtbaren Stimmen?

Eigentliches ist nichts im Format „Der Medienfuzzi“ wirklich durchdacht, sondern eigentlich alles eher spontan aus einem Gefühl heraus entstanden. Ich war zu faul, um alles allein zu tragen, außerdem gibt es schon viel zu viele Formate mit Monolog-Ansprache. Und ich wollte von Anfang an Scherze über mich selbst machen. Das geht natürlich besser im Dialog als allein. Somit wurde jeder „verhaftet“, der sowieso im Studio rumsaß. Kameramann, Teleprompter, Maske, Producer. Inzwischen haben sich daraus feste Figuren entwickelt, die teilweise beliebter sind als ich. Was mein schwaches Ego sehr verletzt, schließlich schreibe ICH all ihre Texte. Aber wenn es mir zu viel wird, gebe ich ihnen einfach schlechte Texte.

Was ist das für ein komischer Name – Medienfuzzi?

Dieser Name schwirrte mir schon lange im Kopf rum. Eigentlich wollte ich ein Buch mit diesem Titel schreiben, was ich ja jetzt auch tue. Zum einen habe ich mich all die Jahre so beschrieben, wenn jemand nach meinem Beruf gefragt hat, einfach weil Deputy Senior Vice President Content Exchange Management Entertainment noch dümmer klingt als Kinderbuch-Co-Autor. Sie denken diesen Titel habe ich mir gerade ausgedacht? Nein, diese Ehre gilt der Personalabteilung von *ProSieben*. Sinngemäß bedeutet dies Stellvertretender Leiter von Rudis Resterampe, aber lassen Sie uns das nicht vertiefen.

Laut Google ist ein Fuzzi ein nicht ernst zu nehmender Mensch. Und das passt gleich doppelt. Zum einen wollte ich noch nie übertrieben ernst genommen werden, zum anderen fühle ich mich auch von unserer Regierung spätestens seit Fledermausia nicht mehr ernstgenommen. Deswegen bin ich gerne und mit Stolz ein Fuzzi, denn die aufrichtigen und ideologiefreien Menschen in diesem Land spüren sehr wohl, dass sie gerade zu Fuzzis degradiert werden. Also lasst es uns offen aussprechen und lasst uns eine starke Gemeinschaft der Fuzzis bilden. Denn manchmal hilft einfach nur Galgenhumor.

Ach übrigens, wissen Sie, was mein Lieblings-Pandemie-Witz ist? Kommt ein alter Chinese zum Wildtiermarkt in Wuhan und sagt: „Bitte die gebratene Fledermaus da.“ Antwortet der Verkäufer: „Die ist aber noch nicht ganz durch.“ Darauf der Alte: „Na ja, davon wird schon nicht die Welt untergehen.“

Als ich meinen ersten Wagen verlor

Es gibt Menschen, die der Meinung sind, dass meine Sprachgewandtheit sogar an die Jahrtausend-Talente Ricarda Lang oder Kevin Kühnert heranreicht. Ich denke noch darüber nach, ob das ein Kompliment ist, schließlich habe ich ja einen Hochschulabschluss.

Auf jeden Fall führte ich bereits im Windelalter konstruktive Verhandlungen mit meiner Mutter und handelte folgenden, für beide Seiten vorteilhaften Deal aus: Sollte ich es schaffen, einen einzigen Tag lang mal nicht einen Haufen deutsche Politik in die Windel zu entladen, würde ich ein Tretauto bekommen. Somit war ich also hochmotiviert und machte mich frisch ans Werk.

Aber ihr wisst ja, wie das ist – als Kleinkind. Die Unterlagen stapeln sich im Akteneingang, der Chef hat einen miesen Tag, die Kollegen nerven, kurzum, Kind hat den Kopf voll und dann plötzlich auch die Windel. Also begab ich mich zu meiner angeborenen Verwandten, die sich gerade im Gespräch mit einer Nachbarin befand, langte mir zwischen die kurzen Beine und sagte: „Mama, heute kein Tretauto."

Mein Ritalin-Moment

Nun gut, der selbstbetriebene Luxus-Wagen war zwar weg, aber meine Sprachentwicklung und Selbstwahrnehmung schritt voran, so begab es sich, zumindest hat das der Familienmund überliefert, dass ich mich eines Tages im Alter von ca. drei Jahren vor einen Spiegel stellte, meine staatlichen babyspeckigen 98 cm betrachtete und begeistert ausrief: „Mein Gott, bin ich schön."

Nun lernt das Kind ja bekanntlich am Vorbild, also eigentlich. Aber für diesen Moment der Begeisterung gab es definitiv kein elterliches Muster. Beide Elternteile sind Zeit ihres Lebens nicht durch narzisstische Spiegelmomente auffällig geworden. Zumindest beteuerten sie das glaubwürdig und ich kann mich auch nicht bewusst an solches Gebaren meiner liebevollen Erzeuger erinnern.

Somit kam dieser Moment der überbordenden Selbstliebe anscheinend tatsächlich komplett aus meinem unterentwickelten Kinderhirn, womit ich es an dieser Stelle auch belassen könnte, hätte mich nicht meine Großmutter dabei beobachtet und ihre massive Irritation sofort an meine Mutter weitergetragen. (Ich bin quasi dem interfamiliären Verfassungsschutz aufgefallen.)

Nun gingen die Diskussionen los. Ist das noch normal? Müssen wir etwas tun? Andererseits war ich natürlich auch wunderschön. Langer Rede, kurzer Sinn: Heute würde man mir wahrscheinlich erstmal drei Liter Ritalin einflößen und mich dadurch zu einem potenziellen Mitglied der grünen Jugend machen, damals wurde es einfach nur kurz mit der Nachbarschaft diskutiert, im familiären Anekdoten-Gedächtnis abgespeichert, um es immer und immer wieder an jeder unpassenden Stelle zu erzählen, aber ansonsten vergessen.

Um was soll es in diesem Buch gehen?

Um die linksgrünen woken ultrabösen Gutmenschen, um Hybris, um Männer, die es als ein Zeichen von Toleranz und Vielfalt sehen, öffentlich mit entblößten Genitalien herumzulaufen, um einen Kinderbuch-Co-Autor, um „unsere Demokratie“, um Kriegslust und Feindbilder, um kognitiv Teilmöblierte, die den Bundestag entehren, um die neuen deutschen Werte: Doppelmoral, Faulheit und Kriegstüchtigkeit, um Pronomen und Geschlechter, um schwule Schafe und non-binäre transfeminine Lesben, um die schlechtesten narzisstischsten Politiker meiner Lebenszeit, um eine Welt, die über uns lacht, um die heißesten Sommer seit dem Urknall und um liebevolle Strafanzeigen.

Und falls ich es noch nicht erwähnt habe: um Doppelmoral, um Doppelstandards, um Heuchelei, um Verlogenheit und auch um Doppelmoral. Aber vorrangig geht es um Doppelmoral.

2. Räääächts oder link?

Wir erleben ja hierzulande allerorten immer wieder Demonstrationen „für die Demokratie“. Meistens verbunden mit dem Slogan „Gegen Rechts“, da Demokratiefreunde anscheinend eine Rechts-Links-Schwäche haben. Also eine Schwäche für Links.

Mich verwirrt daran einiges. Ist rechts nicht nur das Gegenteil von links? Leben wir nicht in einem Rechtsstaat? Bedeutet links auch, ziemlich link zu sein?

Dieses Land wurde mehrheitlich von der CDU/CSU regiert, bis auf wenige fatale Ausrutscher. Also von einer räääächten Partei. Müssen wir das jetzt als Fehler der Historie aus unserem Gedächtnis und aus allen Geschichtsbüchern löschen?

Und warum brüllen diese friedlichen Demokratiefreunde immer so? Speziell „Alerta, Alerta?“. Was soll das überhaupt heißen? Oder verstehe ich das falsch und sie brüllen „Alete, Alete“? Weil das das einzige Essen ist, das sie sich von BAföG und Bürgergeld leisten können?

Aber die Frage, die mich am meisten umtreibt: Warum müssen sich friedliche Demokratie-Demonstranten vermummen?

Links? Rechts? Vor allem bin ich … ich!

Wir leben in einer Gesellschaft, in der sich jeden Tag alle extrem darum bemühen, sich von anderen abzugrenzen. Die einen sind links, die anderen sind rechts. Und ich möchte mich da auf keinen Fall ausnehmen. Ich bin nicht Teil der Lösung, sondern Teil des Problems. Denn mir geht der linkswoke Gender-Wahnsinn dermaßen auf den Sack, dass ich einfach nicht vernünftig sein will und meine Emotionen mit mir durchgehen. Deswegen schmeiße ich täglich mit Worten wie „Kobalt-Kobold“, „wahrer Faschist“ und „denkblockierter Zellhaufen“ um mich.

Aber ich weiß, dass es unter Ihnen, unter allen lieben Fuzzis besonnenere Menschen gibt als mich, die diese grauenhafte Spaltung sachlicher und rationaler angehen können. Denn ich schaffe das einfach nicht. Mich machen diese Schlafschafe, diese denkfaulen Amöben, die niemals ein Geschichtsbuch gelesen haben und einen Blödsinn reden, dass ich mir jeden Abend stundenlang die Ohren waschen muss, einfach rasend.

Deswegen hier mein ernstgemeinter Aufruf an alle sachlichen seriösen Menschen: Helft uns, helft mir, sonst wird das alles maximal unangenehm enden. Denn am Ende des Tages ist eigentlich niemand nur links oder nur rechts. Am Ende des Tages sind wir einfach alle nur Fuzzis auf der Suche nach ein bisschen Glück.

Das ist mir alles zu räääächtsextrem

Die Statistiken sind erschütternd! Unbemerkt, heimlich still und leise ist in der Bundesinsolvenz Impfland die rääääächtsextreme Kriminalität quasi über Nacht explodiert. Ein paar besonders schlimme Beispiele gefällig, die Einzug in diese beunruhigende Statistik hielten: Ein Frührentner aus Bayern hat ein Meme geteilt (Oh mein Gott, man stelle sich vor, was passiert wäre, wenn er dieses Meme selbst erstellt hätte!), also, er hat ein Meme geteilt, indem er unsere Majestät Robert Habeck zu und von Kinderbuch als ... puh, ich weiß gar nicht recht, ob ich das hier überhaupt wiederholen darf, ohne meine Staatsbürgerschaft zu verlieren.

Vielleicht googeln Sie besagtes Meme einfach selbst. Nur so viel: Es enthält die Worte Schwach und Kopf. Und diese Worte sollten NIEMALS in Zusammenhang mit einem Angehörigen der bundesdeutschen Polit-Monarchie genannt werden. Schon gar nicht in einem Wort. Also quasi zusammengefügt. Denn das würde ja dann Schwachkopf lauten. Und ein knuffig aussehender Wirtschaftsminister, der wirtschaftlich ungefähr so viel draufhat, wie ich in der Jagd mit Pfeil und Bogen zu Pferde, kann niemals ein Schwachkopf sein.

Na ja, auf jeden Fall hat diese, klar rääääääachtsextreme, ach was sag ich, diese klar rääääächtsextremistische Wahnsinnstat zu Recht die Statistik der rechtsextremen Kriminalität erhöht. Ich glaube sogar, sie wurde mit dem Faktor zehn eingepreist angesichts der Schwere dieses Verbrechens.

So schwer wie 20 Verbrechen wog dann die Attacke mit Farbe auf eine Parteizentrale der AfD, weil dabei auch ein Hakenkreuz an die Wand geschmiert wurde. Moment, werden sie jetzt sagen, ist die AfD nicht eine rääääääächte Partei? Wie kann denn ein Angriff auf eine rechte Partei dann ein rechtsextremes Verbrechen sein?

Aber das müssen sie sich vorstellen wie den menschengemachten Klimawandel. Das ist ja auch sehr komplex. Viel Schnee = menschengemachter Klimawandel. Gar kein Schnee = menschengemachter Klimawandel. Alle Schneelagen dazwischen = menschengemachter Klimawandel. So ist das auch bei unseren aktuellen Kriminalitätsstatistiken. Manche

Verbrechen sind so linksextrem, dass sie schon wieder rechts sind. Das macht keinen Sinn für Sie? Tja, mit gesundem Menschenverstand hat das auch schon lange nichts mehr zu tun. Aber sehr viel mit politischem Wollen und Gehorsam.

Der Aufstand der Anständigen

Am 02.02.2025 gab es in Berlin am Brandenburger Tor, (was dieses arme Bauwerk alles mitansehen muss) mal wieder eine Demo gegen Rääääächtz. Laut Veranstalter kamen 1,3 Billionen aufrechte Demokraten aus der linksextremen Mitte, laut Polizei waren es hauptsächlich Luisa Neubauer, Michel Friedmann und ein paar Schlafschafe. Migranten waren gar keine da, denn irgendwie sind diese „Wir sind bunt"-Demos immer alles, außer bunt.

Schön war der Titel der Demonstration: „Aufstand der Anständigen"! Wenn man sich selbst so aufwertende Bezeichnungen gibt, erinnert mich das immer an den Schulfreund, der sich damit brüstete, ein „fantastischer Liebhaber" zu sein, von all seinen Ex-Freundinnen aber, unabhängig voneinander, den Spitznamen „Karnickel" verpasst bekam.

Und es ist auch irgendwie ein Treppenwitz, wenn eine bis zum Anschlag wohlstandsverwahrloste Luisa Neubauer, die uns Verzicht predigt, selbst aber pausenlos um die Welt jettet und einen CO_2-Ausstoß hat wie eine lettische Öltanker-Flotte, sich als „anständig" bezeichnet.

Den Vogel komplett schießt aber der frisch aus der CDU ausgetretene Michel Friedmann ab. Wenn ein vorbestrafter Koks-Konsument, der 2003 so anständig war, die Notlage von ukrainischen Zwangsprostituierten auszunutzen, obwohl daheim die spätere Gattin Bärbel Schäfer auf ihn wartete, einen „Aufstand der Anständigen“ anführt, dann wird der ehrwürdige Bundestag wahrscheinlich bald in „Home of Paolo Pinkel“ umbenannt.

Die Schafe marschieren

Hätten Sie Zeit und Lust, gefühlt jedes Wochenende auf irgendeine Demo zu rennen? Noch dazu auf eine völlig sinnentleerte? Stellen Sie sich vor, irgendwo wird ein kleines zweijähriges Kind bestialisch und sinnlos von einem völlig fehlgeleiteten, unter Drogen stehenden Marsianer getötet. Würden Sie dann einen Tag später gegen die Verwendung von Sitzrasenmähern demonstrieren?

Was für ein Sinn würde das machen? Und was für Menschen machen das? Job, Leben und Selbstachtung können solche Menschen nicht haben. Oder kriegen die Geld dafür? Vielleicht ist es aber auch dieser blinde deutsche Gehorsam, der 1945 selbst noch Kinder an der Front verheizt hat.

Und das Beste ist, diese Anti-Sitzrasenmäher-Fraktion denkt tatsächlich, sie wäre der Widerstand. Der Widerstand gegen was? Gegen funktionierende Gehirne? Gegen Moral und Ehrgefühl? Ja, das könnte hinkommen.

Nur, gab es denn jemals einen Widerstand ohne Risiko? Also, in der gesamten Geschichte der Menschheit? Kann man gemütlich mit BAföG oder Bürgergeld ein führendes Mitglied der Weißen Rose sein? Kann man eine Sophie Scholl sein, aber trotzdem ausfallend werden, wenn der Problempony nicht sitzt oder die veganen Calamari nicht durch sind? Ich weiß ja nicht, wie es Ihnen geht, aber bei mir regt sich da Widerstand.

Hauptsache Leben verpassen!

„Mit Rechten redet man nicht!“ Wie oft habe ich diesen Satz schon gehört oder in irgendwelchen Beiträgen gesehen. Und immer sind es Rechte, die verzweifelt das Gespräch suchen und dafür wahlweise beschimpft, bedroht, ignoriert oder mit Farbe beschmissen werden.

Mich verwundert das, denn gerade wenn man die besseren Argumente zu haben glaubt, sucht man ja normalerweise geradezu den Diskurs, um sich seine intellektuelle Überlegenheit ständig neu zu beweisen. Weil, um ehrlich zu sein, dumpfe Parolen zu brüllen wie „Alerta, Alerta, meine Morgenlatte war auch schon mal härter“ oder „Es gibt kein Recht auf ÖRR-Propaganda“, lässt einen nicht zwingend sehr intelligent erscheinen.

Erinnern Sie sich noch an Ihre Kindheit? Wenn Ihre Eltern gesagt haben: „Mit denen spielen WIR nicht!“ oder „Das ist schlechter Umgang!“ Hatten die Eltern damals immer recht? Haben Sie sich damals immer daran gehalten? Ist es irgendwo überliefert, dass das fanatische Festhalten an Vorurteilen und Feindbildern ein glückliches buntes erfülltes Leben bringt? Steht auf irgendeinem Grabstein: „Er wurde für seine Vorurteile bewundert“?

Andere Menschen als Gesprächspartner auszuschließen, zeigt primär immer nur faschistoides Gedankengut. Und mein Gott, man verpasst dabei so viel buntes Leben.

Die Oma-Faschos gegen Rechts

Meine Erziehung gebietet mir, Respekt vor dem Alter zu haben. Ich respektiere grundsätzlich die Lebensleistung und die größere Lebenserfahrung von Menschen, die älter sind als ich, und ich finde, das gehört sich auch so.

Mit einer Ausnahme, und das sind die „Omas gegen Rechts“. Werte Damen, was sind Sie bloß für ein verblendeter Haufen. Sie sind der lebende Beweis, dass man im Laufe seines Lebens anscheinend massiv dümmer werden kann.

Woher kommt das? Liegt es an der Fledermausia-Behandlung? Haben Sie schlechtes Kukident getrunken?

Wie kann sich eine wirklich mehr als erwachsene Frau dermaßen gehen lassen und sich einem Haufen von ungebildeten, extrem schlecht informierten und bis zum Anschlag faschistischen Verrückten anschließen? Schon die Bezeichnung Ihrer lachhaften Organisation ist ausschließend. Ihre mangelnde Diskursfähigkeit und Ihr anscheinend komplett fehlendes Demokratieverständnis machen Sie zu lupenreinen Faschisten, nur, dass Sie einfach viel zu dumm sind, um diesen Umstand auch nur annähernd begreifen können.

Es ist ja offensichtlich Tradition in diesem Land, dass sich die Enkel für Ihre Großeltern in Grund und Boden schämen müssen. Sie setzen diese Tradition nahtlos fort.

Sie spüren nicht das Offensichtliche

„Für den Kampf gegen rechts ist jedes Mittel legitim.“

„Nazis bekämpfen ist demokratische Bürgerpflicht.“

Das ist ja alles schön und gut, aber dann erwarte ich eigentlich, dass all diese gratismutigen großmäuligen Superhelden, die schon Panik-Attacken bekommen, wenn das WLAN nicht funktioniert, eine Zeitmaschine konstruieren und in die Jahre 1933 bis 1945 reisen. Dort gab es Nazis, Widerstand war ehrenvoll, mutig und lebensgefährlich.

Das, was da heute abgezogen wird, ist genau das Gegenteil. Es ist schäbig, faschistisch und totalitär. Eine ungebildete Masse, die größtenteils an den Geldtöpfen des Staates hängt, die auch mit Steuergeldern von AfD-Anhängern, also „Nazis“, gefüllt sind, lügt und betrügt, ist gewaltbereit, verhält sich zutiefst antidemokratisch und entwickelt sich immer mehr zu dem, was ab 1933 zu bekämpfen war.

Es ist alles wieder da. Sippenhaft, Kontaktschuld, permanente Aufmärsche, Gewaltbereitschaft, Ausgrenzung, Diffamierung und Medien, die in einem fort hetzen. Im Landtag von Mecklenburg-Vorpommern behauptete ein linker Abgeordneter einfach mal, dass AfD-Mitglieder sein durch Parkinson verursachtes Zittern nachgeahmt hätten, und bezeichnet sie vom Rednerpult aus als Arschlöcher. ohne jeden Beleg, ohne, dass irgendjemand anders als er das gesehen haben will.

Und schon sein gesamtes Auftreten inklusive Wortwahl verrät seinen ideologischen Fanatismus. Staatsclowns empfehlen im Propaganda-Fernsehen „Nazis zu keulen“, auf Demos wird straffrei dazu aufgerufen, „AfDler zu töten“, und eine linke Kommunalpolitikerin forderte straffrei dazu auf, „AfDler in die Gaskammern“ zu schicken.

Die Justiz macht also auch noch mit und niemand merkt, wie gemein, niederträchtig und unmenschlich sich so viele verhalten. Genauso, wie es die Mehrheit 1933 bis 1945 getan hat. Und langsam beschleicht mich das Gefühl, wer heute gegen Rechts ist, hätte damals begeistert den Arm hochgerissen.

Selbst denken ist scary, aber irgendwie geil

Links, rechts ... was soll das eigentlich sein? In erster Linie ist man doch Mensch. Man ist emphatisch, liebevoll, freundlich, lustig – oder eben nicht. Man ist vernünftig, umgänglich, sozial, verantwortungsbewusst – oder eben nicht. Man ist höflich, respektvoll, aufmerksam, warmherzig – oder eben nicht.

Man ist tausend verschiedene Adjektive, aber auf gar keinen Fall nur ein einziges. Und ein einziges Adjektiv (links) steht mit Sicherheit nicht für all das Gute und Edle im Menschentum, schon gar nicht, wenn man aggressiv, intolerant und hasserfüllt ist. Es ist schon ein wenig komplexer.

Wer denkt, ein guter Mensch zu sein, weil er Regierungs-Narrative nachbetet und sich von Tastatur-Aktivisten in jede erdenkliche Richtung manipulieren lässt, unterliegt einem enormen Missverständnis. Die Werte eines guten Menschen sind völlig andere. Aber das Wichtigste ist definitiv: Ein guter Mensch denkt selbst!

Linksgrün spielt nicht fair

Früher habe ich munter mit Linksgrünen im Internet diskutiert. Es macht ja auch Spaß, Leute zu verarschen, deren Argumentationen lauten: „Transfrauen sind Frauen!“

Ich habe belustigt zur Kenntnis genommen, dass ich beim geringsten Widerspruch sofort als „Nazi“, „Fascho“ oder „Boomer“ beschimpft wurde. Manchmal sogar als „faschistischer Boomer-Nazi“. Wohlgemerkt, einzig und allein für Anmerkungen wie: „Komisch, der heißeste März seit dem Urknall fühlt sich an wie immer?“

Und ich habe das immer als kleinen Sieg empfunden, wenn mich irgendeine linksgrüne Zellansammlung (z. B. Ricarda Lang, Georg Restle, Jan Böhmermann, El Hotzo, u. v. m.) auf *X* oder sonst wo geblockt und sich somit feige aus dem Diskurs verabschiedet hat.

Gut, der klimasensible Gutmensch scheut ja bisweilen nicht vor heftigen Beleidigungen wie „räudiger Boomer“ oder „Fascho-Ratte“ zurück, aber auch das ist für mich nicht automatisch ein Blockieren wert, sagt es doch mehr über den Verfasser als über den charmanten und eloquenten Empfänger dieser bösen Worte aus.

Aber heute blockiere ich selbst, dass meine hart arbeitenden Fingerchen qualmen. Ja, ich blockiere viele der einschlägig verlorenen Damen und Herren schon, bevor sie überhaupt direkten Kontakt zu mir hatten, einfach nur, weil ich einen Post oder Kommentar von ihnen gelesen habe.

Ich blocke Leute sofort, wenn ich auch nur erahne, dass sie Teil der entmenschten Irrationalisten-Bewegung sind, die Gendern für wichtiger hält als Geld zu verdienen. Blocken widerspricht zwar komplett meiner Einstellung zu Meinungsfreiheit und zum offenen Diskurs, aber ich musste konstatieren, diese Leute spielen nicht fair! Immer wieder hatte ich nach einem heftigen Disput mit einem dieser verwirrten Neo-Übermenschen ohne Bildung, Hochschulabschluss oder geregeltem Einkommen Probleme mit meinen Konten. Plötzlich mochte mich der Algorithmus nicht mehr, die Zugriffe fielen ins Bodenlose oder es trat irgendein anderes Ungemach auf.

Ich verstand, diese Menschen sind nicht an scharfzüngigem Diskurs interessiert, vielleicht auch, weil es an allem mangelt, was man dafür bräuchte, und dieses Defizit versuchen sie durch Petzen auszugleichen. Ja, diese Leute entblöden sich nicht, aus Frust über die eigene Unterlegenheit, Konten zu durchstöbern, um irgendwas zu finden, was eventuell Meldestellen interessieren könnte, sie verabreden sich mit anderen Unterlegenen, die in Auseinandersetzungen auf Augenhöhe ebenfalls chancenlos sind, zum Beschweren über einzelne Kanäle und erreichen auf diese Art und Weise in der Algorithmus-gesteuerten Social-Media-Welt Nachteile für die Kanäle, denen sie verbal nicht gewachsen sind.

Und als ich dann auf die Machenschaften der „Grünen Netzfeuerwehr" gestoßen bin, die nichts anderes ist als ein Menschenhaufen voller totalitärer Denker, die sich ausschließlich digital versammeln, um Andersdenkende zu Hunderten so lange zu melden, bis der Algorithmus in die Knie geht, wurde mir klar, die Werte dieser „Gutmenschen" bestehen ausschließlich aus Unterdrückung und Intoleranz.

Und wer will mit solchen Leuten schon zu tun haben?! Die feiern sich als Retter der Demokratie. Dabei ist ihnen nachts kurz vorm Einschlafen vollkommen klar, was sie wirklich sind: der Blockwart 2.0.

Spaltungs-Verbot

Die Linksgrünen verbieten doch so gerne. Okay, Verbote sind ganz allgemein ein sehr deutsches Ding, aber Linksgrün ist schon immer ganz vorne mit dabei, wenn es um Verbote geht. Denn wer Argumente wie „Wer nichts mehr verkauft, ist noch lange nicht insolvent" ins Feld führt, muss ja quasi jegliche Widerrede verbieten lassen.

Aber ich habe einen tollen Verbotsvorschlag: Lasst uns das Wort „Nazi" verbieten. Und nein, ich möchte auf gar keinen Fall Geschichts-Revision betreiben und im Geschichtsunterricht – sowie in jeglichem sachlichen Zusammenhang – muss dieses Wort sogar unbedingt weiter auftauchen.

Aber lasst uns gesetzlich bei schwerer Strafe verbieten, das Wort „Nazi“ als Schimpfwort zu benutzen. Teslas sind dann keine „Nazi-Autos“ mehr, konservative Politiker oder einfach nur Andersdenkende dürfen auch nicht mehr so genannt werden, und wer sich nicht alles spritzen lassen möchte, was hastig auf den Markt geworfen wurde, um maximalen Profit zu erzielen, der muss sich dieses herabsetzende Wort auch nicht mehr von fehlgeleiteten Flitzpiepen um die Ohren hauen lassen. Dann hätten wir halt zwei N-Worte, bei dem anderen funktioniert es ja auch.

Das N-Auto

In diesem Zusammenhang muss auch unbedingt die Berliner Arbeitssenatorin Cansel Kiziltepe genannt werden, die im April 2025 auf *X* folgenden Post freisetzte: „Wer will auch ein #Nazi-Auto fahren? Hersteller von E-Autos erleben Absatzhoch – Abgesehen von Tesla.“

Die Gute hat dann ein wenig Gegenwind bekommen, da Tesla in Brandenburg insgesamt 11 000 Menschen aus 150 Nationen beschäftigt, darunter auch viele Berliner. Aber sicher hat Frau Kiziltepe einen Masterplan dafür, falls sie mit ihren unbedachten und ungebildeten Äußerungen all diese Menschen arbeitslos macht.

Inzwischen hat sie zähneknirschend ihren Post gelöscht, was in heutigen Zeiten völlig egal ist, denn das Internet vergisst nichts (und ich auch nicht), aber sie hat dann nochmal nachgeschoben, dass sie ausdrücklich an ihren Einschätzungen zu Elon Musk festhält.

Nun, im Gegensatz zu Alice Weidel, wird Frau Kiziltepe (Herrgott, ich will die ganze Zeit „Kieseltreppe“ schreiben!? Wie kann ein erwachsener Mann nur so ein Kindskopf sein?) Herrn Musk nur aus der Tagesschau kennen, was ihre „Einschätzungen“ umso peinlicher macht. Aber wissen Sie, was das Allerpeinlichste ist? Frau Kieseltreppe hat früher für die Volkswagen AG gearbeitet.

Du kommscht hier ned raus

Am Flughafen meiner Geburtsstadt München scheiterten neulich acht Aktivisten am Türsteher. Nun muss man als Außenstehender wissen, dass das für uns Münchner nichts Außergewöhnliches ist. Wir wachsen damit auf, dass uns muskelbepackte Minderleister mit mikroskopisch kleinen Geschlechtsteilen rüde den Zutritt zu irgendwas verweigern. Ja, manchmal haben wir uns als Jugendliche sogar einen Spaß daraus gemacht, Etablissements zu besuchen, in die wir eigentlich gar nicht wollten, weil wir eine Zurückweisung durch den Türsteher dort als Auszeichnung empfanden, mit der wir uns dann in der Schule brüsten können.

Allerdings ist neu, und damit ein Alleinstellungsmerkmal des besten Deutschlands aller Zeiten, dass inzwischen sich sogar Polizisten als Türsteher betätigen und einen nicht mehr nicht irgendwo rein-, sondern inzwischen einen nicht mehr RAUSlassen. In diesem Fall aus dem Land heraus.

Getroffen hat das acht Mitglieder der Identitären Bewegung (IB). Ich muss gestehen, dass ich mich nicht ausführlich mit dieser Organisation beschäftigt habe. Aber ich weiß, dass sie nicht verboten ist. Und wenn Wikipedia, der ÖRR und die üblichen Verdächtigen jemand als „räääächtsextrem“, „verfassungsfeindlich“ und so weiter einstufen, weiß ich, dass sie zumindest keine Klimakleber sind und bin erleichtert.

Diese acht jungen Leute waren also unterwegs zu einem „Remigrationsgipfel“ in Italien, wurden aber von Polizisten mit Maschinengewehren um den Hals höflich an der Ausreise gehindert. Da sie das „Ansehen der Bundesrepublik schädigen könnten“.

Nun werden Sie sich bestimmt fragen, was da noch zu schädigen ist und warum dann Annalena und unsere ESC-Kandidaten nie behelligt wurden, aber ich kann alle beruhigen, die jetzt DDR-Methoden unterstellen. Denn das kann man ja nun wirklich ÜBERHAUPT nicht vergleichen. Also von solchen Zuständen sind wir nun wirklich Lichtjahre entfernt. Schließlich wurde nicht geschossen. Also, noch nicht, …

Hungry in Hungary

Maja T. sitzt in Ungarn im Knast, was total gemein ist, denn die schöne Maja ist eine kleine zarte Frau von 1,90 Meter mit geschätzt 100 Kilo, wobei, jetzt wahrscheinlich nicht mehr, weil gerade ist sie im Hungerstreik.

Gut, dass sie eine Frau ist, kam ihr erst kürzlich in den Sinn, und eigentlich ist sie auch eher non-binär, aber ich denke, das läuft aufs selbe hinaus, denn es geht ihr wohl hauptsächlich darum, ihre Feinfühlig- und Verletzlichkeit zu unterstreichen.

Also, diese zarte Person sitzt nun im Knast in Ungarn, was total gemein ist, denn schließlich hat sie einzig und allein die völlig lässliche Sünde begangen, ein paar Menschen von hinten die Schädel mit einem Hammer einzuschlagen. Obwohl, einzig und allein ist hier nicht ganz richtig, denn es waren durchaus mehrere Opfer, und die feinfühlige Maja hatte zur Sicherheit ein paar Freunde mitgenommen, um ein gerechtes Täter-Opfer-Verhältnis von ca. neun zu eins herzustellen, nur für den Fall, dass die Opfer sich wehren sollten, man … äh … non-binär möchte natürlich kein gesteigertes Risiko eingehen.

Nun hat die mutige Maja ihre Schwerverbrechen durchaus auch vor Überwachungskameras ausgeführt, was natürlich nur dafür spricht, dass sie kein gelernter Berufsverbrecher ist, und es ist total gemein, dass ihr das bisher keinerlei Pluspunkte vor dem gemeinen ungarischen Gericht bringt. (Oder anders ausgedrückt: Sie ist leider nicht nur non-binär, sondern auch ein bisschen doof.)

Was auch total gemein ist, sind die Haftbedingungen der selbstlosen Maja, die linksgrüne Presse schäumt deswegen. Ja, es ist sogar von Bettwanzen die Rede, was für jemand, der, außer Hämmern und Milbenbefall, nichts draufhat, eigentlich verkraftbar sein müsste, aber gut, was weiß ich schon. Ich kann ja nicht mal hämmern.

Außerdem ist die attraktive Maja auch permanent in Einzelhaft, was eine ganz besondere Härte ist, denn schließlich ist ja allgemein bekannt, wie gerne ungarische Schwerverbrecher mit non-binären Pronomen hantieren. Sie könnte dort so viele Freundschaften schließen und es ist total gemein, dass man ihr das verwehrt. Aber die handwerklich geschickte Hammer-Maja hat durchaus auch sehr viele Supporter, nur die Opfer sind noch ein wenig schmallippig, aber sicher liegt das hauptsächlich an fehlender Toleranz gegenüber der Geschlechtervielfalt in der Bundesinsolvenz Impfland.

Also, lasst uns beten für die vorbildhafte Maja, der so gemein mitgespielt wird: Kleine Maja, schönes

Kind, schade, dass alle so gemein zu dir sind. Aber willst du nicht in den Bettwanzen-Knast hinein, lass doch einfach das Köpfe-Hämmern sein. Amen.

Die gesichert linksextreme Stiftung

Die Amadeu Antonio Stiftung hat im Juni 2025 „Anti-Wokeness“ als „Türöffner in den Rechtsextremismus“ bezeichnet. Hab dann noch mal kurz geguckt, wie dieses Buch hier heißt und mich glücklich zurückgelehnt. Es ist schon von der, gelinde gesagt, gesichert linksextremen Stiftung, die von einer ehemaligen Stasi-Spitzelin gegründet wurde und Millionen von Steuergeldern jedes Jahr verbrennt, eine absolute Frechheit, dermaßen die Meinungsfreiheit zu verachten.

Darf ich kurz mal aus einer Studie aus der Hölle zitieren, die diese Volksvergifter-Stiftung im Jahr 2018 herausgegeben hat um Erzieherinnen in Kindergärten zu schulen. (Ja, von mir aus auch Erzieher, meine Güte.) Die Studie trägt den Namen „Ene, mene, muh – und raus bist du“. Hier erklärt die Studie anhand eines Beispiels, wie man Kinder aus „völkischen Elternhäusern“ erkennt. Also, ich zitiere:

> *„In einer Kita fallen zwei Geschwister auf, die besonders zurückhaltend sind und wenig von zu Hause erzählen. So verhalten sie sich im Morgenkreis zum Wochenbeginn schweigsam und passiv. Gleichzeitig gibt es keine sogenannten Disziplinprobleme, diese Kinder scheinen besonders ‚gut zu spuren‘. Außerdem sind traditionelle Geschlechterrollen in den Erziehungsstilen erkennbar: Das Mädchen trägt Kleider und Zöpfe, es wird zu Hause zu Haus- und Handarbeiten angeleitet, der Junge wird stark*

körperlich gefordert und gedrillt. Beide kommen häufig am Morgen in die Einrichtung, nachdem sie bereits einen 1,5-km-Lauf absolviert haben.“

Abgesehen davon, dass sich die Amadeu Antonio Stiftung dieses Beispiel meiner Meinung nach sicher komplett aus dem Arsch gezogen hat, macht es nicht mal Sinn. Woher ist bekannt, was die Kinder zu Hause tun oder lassen, wenn sie besonders zurückhaltend sind und wenig von sich erzählen? Ein 1,5-km-„Lauf“? Also, ich weiß ja nicht, was für die Leistungsverweigerer der Problem-Pony-Stiftung bereits eine sportliche Leistung ist, aber mein Weg zum Kindergarten war länger?

Kleider und Zöpfe bei einem kleinen Mädchen? Was wünscht sich die Stiftung stattdessen? Halbnackt und Hundemaske? Unnötig zu erwähnen, dass auch diese Studie aus der Hölle von unseren Steuergeldern bezahlt wurde, und dass die Stiftung Spenden in Höhe von 800 000 Euro für potenzielle Opfer des pöhsen Till Lindemann von Rammstein zweckentfremdet hat, lassen wir hier auch besser unbesprochen.

Ich weiß ja nicht genau, was Sie darüber denken, aber für mich arbeiten bei dieser Stiftung Menschen, die ein krankhaftes Weltbild in die Welt hinauskotzen, sich paranoid im Dritten Reich wähnen und die Gesellschaft mit einem Unsinn vergiften, der jeder Beschreibung spottet. Unterstützt von linken Politikern und gepampert mit unseren Steuergeldern in Millionenhöhe.

Amadeo Antonio war übrigens ein Gastarbeiter aus Angola, der 1990 Opfer von rechtsextremer Gewalt wurde. Acht Jahre später wurde zu seinem Gedenken die gleichnamige Stiftung gegründet. Und eine Sache ist zu 100% sicher. Er wurde niemals persönlich gefragt, ob das alles in seinem Sinne ist, was diese Stiftung so in seinem Namen treibt. Ist das eigentlich dann nicht kulturelle Aneignung?

Bitte umdenken!

Unser Wahlsystem lässt keinen richtigen politischen Wandel zu. In Amerika ist das vollkommen anders. Dort heißt es Hop oder Top und der Wähler hat tatsächlich die Möglichkeit, mit seiner Stimme sein persönliches Leben nachhaltig zu verändern.

Und bei uns? Früher konnte man zumindest von zwei verschiedenen Blöcken sprechen, heute eigentlich nur noch von einem. Egal, was man wählt, es ist grüner Irrsinn drin.

Und wenn es eine Partei mal wagt, andere Vorschläge zu machen, eine andere Vision hat und die Dinge verändern möchte, wird sie gnadenlos ausgegrenzt und ein polit-mediales totalitäres Gebilde versucht alles, um diese eine andersdenkende Partei zu diffamieren, zu behindern und in den Dreck zu ziehen.

Ich hätte mir niemals vorstellen können, dass in Deutschland Parteien, Medien und Justiz einträchtig untergehakt zusammen daran arbeiten, den Diskurs ein- und Millionen von Bürgern auszugrenzen. Aber ehrlich gesagt hätten wir es besser wissen müssen, denn der Fledermaushusten hat ja bereits deutlich gezeigt, wie verrottet und unmenschlich unser System geworden ist und welche Art von Menschen wieder in diesem Land lebt.

Doch auf Dauer wird das sicher nicht funktionieren und im schlimmsten Fall furchtbar enden. Denn wer gegen die freie Meinung ist und demokratische Zusammenarbeit verhindern will, der steht niemals auf der richtigen Seite. Das sind nie die Guten. Deswegen kann ich nur an die ultrabösen Gutmenschen appellieren, ihre Blockade-Haltung aufzugeben. Sonst schaufeln sie sich nämlich ihr eigenes Grab und werden die Verachtung ihrer Kinder und Kindeskinder ernten.

Die „demokratischen" Parteien

Wissen Sie, was das Schönste an den „demokratischen" Parteien ist? Niemand hat jemals Doppelmoral konsequenter und professioneller gelebt in der Bundesinsolvenz Impfland als die „demokratischen" Parteien.

Einmischung von US-Milliardären ist supi, solange nur die „demokratischen" Parteien davon profitieren. Meinungsfreiheit ist supi, es sei denn, du hast eine andere Meinung als die „demokratischen" Parteien. Krieg ist brutal, verabscheuungswürdig und unvorstellbar, solange Russland ihn begonnen hat. Wenn nicht, kann es auch schon mal „Selbstverteidigung" sein.

Wirtschaftliche Abhängigkeit ist pfui, aber nicht von allen Ländern. Gewalt ist pfui, es sei denn, man kann damit den Parteitag eines politischen Konkurrenten gefährden. Chauvinismus und Macho-Kult ist pfui, es sei denn, er heißt Mohammad. Einmischung in fremde Wahlen ist pfui, aber bitte wählt Kamala Harris.

Und diese Liste ließe sich endlos fortsetzen. Denn es gibt eine große neue deutsche Tugend, sie hat alle anderen ehemaligen Tugenden verdrängt, wir sind nicht mehr das Land der Dichter und Denker, wir sind das Land der Doppelmoralisten. Na ja, fängt zumindest auch mit D an.

Das größte Schlafschaf ist schwarz

Kann es eigentlich sein, dass die CDU/CSU vielleicht die dümmste Partei der Welt ist? Um was geht es denn primär in der Politik? Um Macht und Geld, würde ich sagen. An Idealismus oder Edelmut glaube ich nicht eine einzige Sekunde. Mir würde auch kein einziges Beispiel eines Politikers einfallen, dessen Handeln von Idealismus oder Edelmut geleitet gewesen wäre. Schon gar nicht in der aktuellen Politik. Je größer die Macht, desto nuller der Idealismus.

Warum also verzichtet die CDU/CSU seit Jahren auf so viel Macht und Geld für den Einzelnen, nur weil sie sich von arbeitsscheuen Linken einreden lässt, dass das Wichtigste hierzulande der Erhalt der Brandmauer wäre? Die Brandmauer ist eine linke Erfindung, um die CDU/CSU für alle Ewigkeiten in linksgrüne Koalitionen zu zwingen.

Und die mit dem Merkel-Beutel gepuderten Christdemokraten fallen seit Jahren auf diesen albernen Mummenschanz rein. Sie lassen sich ernsthaft einreden, dass eine Partei voller Ex-CDUler und Migranten mit einer lesbischen Frau an der Spitze eine „Nazi-Partei" wäre?! Also, wer sowas zu seinem eigenen Schaden glaubt, der denkt auch, dass es das Geschlecht Buschwindröschen mit den Pronomen Hänsel und Gretel gibt.

Weltweit wird inzwischen erkannt, dass linke Politik nachhaltig versagt hat, überall wurde die hässliche Fratze des woken Zeitgeistes erkannt und wurde verstanden, was für ekelhafte und ausgrenzende Prinzipien dahinterstecken. Nur in der Bundesinsolvenz Impfland wird noch rumgemerzt und darauf verzichtet, zu gestalten und mit stabilen Mehrheiten durchzuregieren.

Ja, ich glaube wirklich, dass die CDU/CSU die dümmste Partei der Welt ist. Oder von innen grün. Was aber eigentlich dasselbe ist.

Ich hab mal eine Frage!

Wichtigste Grundvoraussetzung für ein Parteienverbot ist: Man kann nachweisen, dass die anvisierte Partei eine „aggressive und kämpferische Haltung“ vertritt. Nun frage ich mich: Gibt es eine deutlichere Demonstration einer verfassungswidrigen Einstellung, als aktiv zur Störung oder Zerstörung eines Parteitags des politischen Konkurrenten aufzurufen?

Grüne Jugend und die Linke tun das bei jedem Parteitag der AfD. Tausende Gewaltbereite und feige vermummte Kobalt-Kobolde, die wahrscheinlich einen ähnlichen Bildungsgrad wie Emilia Fester besitzen, reisen teilweise über 100 000 Kilometer durchs Land, um „friedlich“ zu stören, indem sie mit Sitzblockaden und Übergriffen ein beängstigendes Drohszenario entfesseln.

Wenn sie im Gegenzug dann ein paar aufs Maul bekommen, von, zu Recht, völlig entnervten Ordnungskräften, singen sie beleidigt und schief: „Wir sind friedlich, was seid ihr.“ Dann rennen sie heulend zu Papa Robert und Mama Baerbock und schimpfen schluchzend über die pöhsen Nahsis, aber Robert hat meistens keine Zeit, weil er sich vor den Bauern verstecken muss.

#Brandmauertote

Vielleicht das schlimmste Hashtag aller Zeiten. Zumindest das schlimmste, an das ich mich erinnern kann. Und noch viel schlimmer, dass im Januar 2025, nach dem abartigen sinnlosen Mord an einem zweijährigen Kind in Aschaffenburg, diese Brandmauer im Deutschen Bundestag – zumindest kurzfristig – dennoch fallen konnte.

Und obwohl es etwas Gutes ist, dass endlich wieder ein Funken Demokratie einkehrte in dieses, bis ins Mark verrottete System, so macht es mich schon fast rasend wütend und unendlich traurig.

Es muss erst ein zweijähriges Kind sterben, bis ihr endlich von eurer beschissenen Ideologie, eurem abstoßenden Machtstreben, eurem rückhaltlosen Taktieren ablässt? Haben euch die unzähligen Toten und Verstümmelten davor nicht gereicht? Oder lagt es daran, dass im Februar Wahlen anstanden?

Ist das die einzige Kombination, die euch Mensch werden lässt? Es braucht einen grausamen Mord an einem maximal unschuldigen kleinen Wesen kurz vor einer Wahl, damit es endlich eine Reaktion gibt und ihr euch dazu herablasst, das zu tun, was Millionen von Wählern seit geraumer Zeit wollen? Und was sie euch mit ihrem Wahlverhalten seit Jahren deutlich signalisieren?

Das ist „eure" Demokratie? Sie funktioniert nach der Formel Kindstod und Angst um euren Arsch? Wie kann man dann noch andere Länder als Schurkenstaaten bezeichnen, ohne sich vor Scham zu übergeben? Niemals werde ich das vergessen! Und bis zum letzten Moment meines Lebens werde ich die Namen der Verantwortlichen nennen. I will say their names! Scholz, Faeser, Habeck, Merz, Baerbock und alle die anderen. Möget ihr den Platz in der Geschichte einnehmen, der euch gebührt.

Das Gesicht von Esken ist es wert

Im April 2025 hob die AfD ab. Ohne groß etwas machen zu müssen, stieg diese Partei langsam aber stetig in den Umfragen zur beliebtesten Partei des Landes auf – zumindest vorübergehend. Warum war das so?

Ich für meinen Teil habe mich nie für diese Partei interessiert. Erst war es in meinen Augen eine Gruppe Verrückter, die den Euro abschaffen wollten, dann pöhse Nahsis, die keine vielfältige Vielfalt wollen und gegen tolerante Toleranz sind.

Sprich, das von Geburt an in mir angelegte Schlafschaf war voll auf der Linie, die die deutschen Tastatur-Aktivisten vorgaben. Doch irgendwann wurde die Dosis der Anti-Propaganda einfach zu hoch. Irgendwann wurde das böse deutsche N-Wort einmal zu oft gebraucht und ich dachte mir: „Moment mal? Diese Menschen haben doch auch nur zwei Arme und zwei Beine plus einen Kopf? Die sehen gar nicht so aus wie Satans Wiedergänger auf Erden?"

Außerdem wird selbst das trägste Schlafschaf irgendwann hellhörig, wenn ihm zwar ständig gesagt wird, dass etwas furchtbar schlimm ist, aber nie genau, was. „Der Verfassungsschutz stuft die AfD als gesichert rechtsextrem ein!" Okay, interessant, aber warum genau? „Die AfD gefährdet die Demokratie!" Oh, beängstigend, aber wie genau? Etwa noch mehr als ein Kinderbuchautor mit Größenwahn und eine Ex-Außenministerin, die ihre Komplexe am liebsten mit einem Dritten Weltkrieg übertünchen würde? „Die AfD verbreitet Hass und Hetze!" Tatsächlich? Trägt sie auch mit einer vermummten Schlägertruppe namens Antifa Gewalt in die Gesellschaft?

Tja, und weil man leider nie genaue Antworten bekommt, außer dumpfes sinnentleertes Bashing, bekommt man irgendwann das Gefühl, dass unsere unfähige, arrogante und machtgeile Politiker-Kaste einfach nur die Hosen voll hat. Und dann, ja dann wählt man halt die AfD. Ändert zwar auch nix, aber allein das Gesicht von Ens Esken ist es wert.

Schon mit zwei rechtsextrem

Ich muss hier und heute ein Geständnis machen: Ich befürchte, ich war schon rechtsextrem, bevor ich überhaupt richtig sprechen konnte! Ja, mich überrascht das auch. Aber nachdem ich mir die über tausend Seiten umfassende lose Blattsammlung des Verfassungsschutzes zur AfD nicht durchgelesen habe, kann ich keinen anderen Schluss fassen.

Gut, eigentlich ist man nur dann nicht gesichert rechtsextrem, wenn man rein gar nichts mehr von sich gibt. Ich denke inzwischen ist selbst das, in Bayern oft benutzte, „Servus“ gesichert verdächtig extrem, oder mindestens ein verdächtiger Verdachtsfall. Zumindest nach den Maßstäben der Praktikantenbehörde namens Verfassungsschutz.

Aber ich möchte meine Verfehlungen, von frühester Jugend an, gar nicht erst klein reden. So habe ich mich in einem Alter, in dem meine Sprachentwicklung noch nicht annähernd abgeschlossen war, oft hilfesuchend an meine Mutter gewandt und ihr existenzielle Fragen gestellt, die noch viele Jahrzehnte später bei Familienfeiern oder wenn ich eine neue Herzensdame daheim vorstellte, zirkulierten.

So fragte ich meine Mutter einmal angesichts eines jungen Mannes mit langen Haaren halt suchend: „Mann? Wau? Mann? Wau?“ Und, Sie werden es bestimmt ahnen, Sprachentwicklung und so weiter, das „Wau“ stand für „Frau“, was es aber natürlich nicht besser macht. Die bloße selbstbestimmte Optik eines progressiven oder einfach nur mit dem Zeitgeist gehenden jungen Mannes verwandelte den ca. zweijährigen Fuzzi in einen hasserfüllten Neonazi, der wahrscheinlich sogar den menschengemachten Klimawandel geleugnet hat – das ist zwar nicht überliefert, aber mit an Sicherheit grenzender Wahrscheinlichkeit anzunehmen.

Wie dieser Staats-Deligitimierer in Pampers zur deutschen Migrationspolitik stand, möchte ich mir gar nicht ausmalen. Ich denke auch nicht, dass das alles schon verjährt ist. Nicht nur deswegen, weil ich noch immer blutjung bin, sondern auch, weil man die Schwere meiner Vergehen auch in Betracht ziehen muss. Also muss ich mich wohl an die entsprechende Meldestelle wenden und zur Selbstanzeige schreiten. Anonym natürlich, da bin ich ganz Demokrat.

Gesichert dummextreme Kindergartensprache

„Gesichert rechtsextrem" – was soll das denn überhaupt heißen? Wer erfindet nur immer diese infantilen Wortschöpfungen? Warum reicht plötzlich nicht mehr „rechts- oder linksextrem"? Warum muss ein „gesichert" davorstehen?

Hat das was mit der Tagesschau in einfacher Sprache zu tun, die ja geschaffen wurde, weil die schlimmsten Menschen des Landes der Meinung sind, dass über 17 Millionen hierzulande einfachsten Sachverhalten nicht mehr folgen können? Muss man deswegen die Sprache komplett infantilisieren, damit wir noch schneller in der Idiocracy ankommen – über die die ganze Welt lacht – als sowieso schon?

Ja, dummer Bürger, etwas ist nicht nur schlimm, sondern „gesichert" schlimm! Sei dir also sicher, dass du es nicht hinterfragen musst, denn es ist ja „sicher". Und „gesichert" ist es, weil ein Geheimdienst, der inzwischen anscheinend nur noch Zeitungsausschnitte mit Zitaten von unliebsamen Politikern ausschneidet, das so sagt.

Dass dieser Geheimdienst zwar Verfassungsschutz heißt, aber komplett der jeweiligen Regierung untersteht und weisungsgebunden ist, also eher Regierungsschutz heißen müsste, lassen wir jetzt mal außen vor. Nehmen wir das einfach mal so hin und freuen uns, dass wir noch in Zeiten leben, wo es „gesichert irgendetwas" heißt. Es werden Zeiten kommen, in denen wir in der Tagesschau Sätze hören werden wie: „Ganz doll pöhse Partei, darfst du niemals nie wählen tun!"

Karneval beim Verfassungsschutz

Rin in die Kartoffeln, raus aus den Kartoffeln. Erst stuft der Verfassungsschutz die AfD als „gesichert rechtsextremistisch" ein, ein paar Tage später nimmt er das dann auf juristischen Druck wieder zurück. War wohl doch nicht so „gesichert".

Ich befürchte jetzt erste Anfragen aus Nordkorea, ob wir noch ganz dicht sind. Sind die da alle 24/7 besoffen? Feiern die ganzjährig Karneval und haben permanent lustige rote Nasen auf?

In Amerika gab es schon erste Stimmen, dass CIA und NSA bezüglich der AfD nicht mehr mit dem deutschen Verfassungsschutz zusammenarbeiten sollten – und jetzt die Volte um 540 Grad? (Wie ein gewisser bacon of hope sagen würde.) Ich mache mir zwar schon Gedanken, inwiefern CIA, NSA und Verfassungsschutz BEZÜGLICH der AfD zusammengearbeitet haben, aber versuche mich da nicht reinzusteigern, denn sonst müsste ich tatsächlich darüber nachdenken, ob ich *WhatsApp*, *Instagram* und *Facebook* noch benutzen kann.

Aber noch viel mehr beschäftigt mich, ob bei diesem Verfassungsschutz gilt: Bei gleicher Eignung werden Amöben bevorzugt. Man kann doch nicht erst Gott und die Welt in wilden Aufruhr versetzen, um dann sofort wieder zurückzurudern. Ich meine, es wurde schon ernsthaft darüber diskutiert, ob man AfD-Mitglieder jetzt einfach so entlassen könnte. Vielleicht wurden sogar schon welche gekündigt? Vielleicht hatten wir noch keinen flächendeckenden Blackout im ganzen Land, beim Verfassungsschutz hatten wir ihn definitiv.

Göring-Eckardt an die Macht?

Wann kommt denn nun endlich dieses AfD-Verbot? Da ist jetzt langsam Druck auf dem Kessel! Noch eine, maximal zwei Wahlen, und unsere zutiefst korrupten und unfähigen aktuellen Politiker, die jahrelang das Land in eine tiefe wirtschaftliche und gesellschaftliche Krise geführt haben, laufen Gefahr, aus dem Amt gefegt und schlimmstenfalls sogar zur Verantwortung gezogen zu werden.

Das geht natürlich nicht und deswegen krakeelen auffälligerweise die beim Wähler unbeliebtesten und im Normalleben unqualifiziertesten Politiker (z. B. Göring-Eckardt) am allerlautesten. Anscheinend denken sie tatsächlich, dass sie dann gewählt werden, wenn möglichst alle anderen Optionen verboten sind. Ich halte das ja für naiv. So viele Verbote, dass eines Tages tatsächlich Frau Göring-Eckardt gewählt wird, kann ich mir beim besten Willen nicht vorstellen. Dafür müsste man schon die Nutzung aller Organe inklusive Hirn, Auge und Ohr verbieten.

Ein „Katholik" auf *X*

Gerade habe ich folgenden Post auf *X* gelesen: „Im Sportverein unseres Sohnes wurde gestern der Fußballtrainer der C-Jugend entlassen. Er ist AfD-Mitglied. Er hat geweint. Aber die Spieler haben applaudiert. Unsere Jugend zeigt Haltung."

Der Verfasser nennt sich auf *X* „@katholisch" und beschreibt sein Konto mit „Hier twittern Katholiken aus Rom und anderswo". Gut, das klingt alles schon sehr verdächtig nach Satire, speziell weil der gesamte Content dieses Kontos sehr wenig mit der Katholischen Kirche zu tun hat und eigentlich nur aus AfD-Bashing, Fake News und Geschwurbel besteht.

Aber nehmen wir mal an, dieser Mann (sorry, aber so dämlich können nur Männer sein) meint es ernst und ist wirklich ein gläubiger Katholik. Müsste man ihn da nicht eigentlich fragen, ob Kinder in den Händen eines AfD-Mitglieds sehr viel besser aufgehoben wären als in der Katholischen Kirche?

Was erlauben Wulff?

Unser ehemaliger Kurz-Bundespräsident Christian Wulff rief im Mai 2025 dazu auf, die AfD „zu Wasser, zu Lande und in der Luft" zu bekämpfen." Aber ist das denn nicht gefährlich? Will er das Lufthansa-Cockpit stürmen, wenn der Pilot bei der AfD ist? Dem Tauchlehrer den Schnorchel wegnehmen? Sich bei der AIDA einschiffen und an Bord Kontrollen durchführen?

Ist hier nicht der Rubikon überschritten? Apropos Rubikon, gibt es Tauchlehrer im Rubikon? Müsste Wulffi da vielleicht auch mal draufschauen? Nur, wie kommen solche Aussagen zustande? Säuft dieser Mann aus Kummer über die Hörner, die seine Frau, Ex-Frau, Frau, Ex-Frau, Frau, Ex-Frau ihm immer wieder aufsetzt?

Über exzessiven Alkoholkonsum ist aber nichts bekannt. Sind es Impfnachwirkungen? Long-Covid? Die Erfolglosigkeit von Hannover 96? Was könnte ein

Gehirn so plagen, dass es einen solchen gequirlten Unsinn von sich gibt? Abgesehen davon, dass selbst dieser Unsinn auch noch unvollständig ist! Denn was ist mit unter Tage?

An Viktor Verfassungsschutz

Lieber Viktor Verfassungsschutz, bzw. lieber Max Mustermann des Inlandsgeheimdienstes.

Ist das wirklich dein Ernst? Deine tausend Seiten gegen die AfD machen uns zum Gespött auf der ganzen Welt. Bist du wirklich deswegen zum Geheimdienst gegangen? Um die Welt mit Googeln zu retten? Du schreibst einfach auf, was jeder im Internet finden kann? Statt James Bond ein Copy-Paste-Agent?

Glaubst du, dass das die Mädels scharf macht? „Du, ich arbeite beim Geheimdienst!" „Wow, und was machst du da so?" „Na ja, eigentlich ist das geheim, aber hauptsächlich surfe ich im Internet und verpetze, was ich finde, an den *Spiegel*." Glaubst du ernsthaft, dass du so zum Stich kommst? Das alles klingt nun wirklich nicht nach Martini. Weder gerührt noch geschüttelt. Eher nach Capri Sonne mit Strohhalm.

Und machst du das aus Überzeugung? Ich meine, du weißt, dass nicht die AfD auf Deutschlands Straßen mordet, oder? Dass nicht die AfD nachts Frauen in öffentlichen Verkehrsmitteln bedrängt? Dass nicht die AfD Autos von Andersdenkenden anzündet? Das weißt du doch, Viktor Verfassungsschutz?

Du musst dich immer fragen, was hätte James Bond getan? Hätte er Anweisungen einer linksradikalen offensichtlich völlig überforderten Mobberin befolgt? (Man muss nicht immer wieder erwähnen, dass Frau Nancy Faeser nach einer fehlerhaften Recherche des unfähigen Staatsclowns Jan Böhmermann ihren Präsidenten für Cyber-Sicherheit, Herrn Arne Schönbohm, entlassen hat. Sollte es aber.)

Viktor Verfassungsschutz, noch ist es Zeit, umzukehren! Noch ist es Zeit, sich darauf zu besinnen, die Bürger dieses Landes wirklich zu beschützen und nicht Lebenszeit und Steuergeld zu verplempern. Denk mal darüber nach.

Der pöhse reiche Elon Musk

Apropos räääääääächtsextrem. Sagt Ihnen der Name Elon Musk etwas? Nein? Na ja, er lebt auch sehr im Verborgenen und ist scheu wie ein Reh. Auf jeden Fall ist das der reichste Mann der Welt. Wenn man den linksgrünen Irrationalisten Glauben schenken darf, ist er aber zu diesem Reichtum nur durch bloßes Glück gekommen oder durch üble Machenschaften oder durch den reichen Papi.

Auf jeden Fall war es auf keinen Fall sein Verdienst. Ganz anders als wie zum Beispiel bei George Soros oder Bill Gates. Diese beiden gütigen Erzengel, die irgendwann mal mittellos und von Gott gesandt auf die Erde geplumpst sind, haben ihre Vermögen rein durch Nächstenliebe und zärtliches Streicheln erwirtschaftet. Deswegen dürfen sich die beiden Erzengel Bill und George in der Bundesinsolvenz Dummland auch überall einmischen. Denn die Empfängnis ihres Vermögens ist ja so unbefleckt wie die Geburt des kleinen Jesukindleins.

Elon Musk wiederum darf das nicht. Warum nicht, ist nicht so ganz klar, weil eigentlich hat er all den linksgrünen Karottennagern ja dieses wunderbare E-Auto namens Tesla beschert, aber er setzt sich halt leider auch vehement für Meinungsfreiheit ein. Und speziell die Gutmenschen von Bündnis Nutzlos / Die

Grünzis sind der Meinung, dass so etwas gar nicht geht. Nein, wer sich für Meinungsfreiheit einsetzt, sollte erst mal vor allem eins tun: die Fresse halten.

Weggehitlert

Jeder ist Hitler. Während es früher aber weitgehend nur Staatschefs traf, die uns nicht genehm waren, so ist es heute jeder, der eine andere Meinung hat als man selbst und jeder, der den Arm falsch hält. Elon Musk grüßte im Rahmen der Feierlichkeiten um die Vereidigung von Donald Trump 2025 ins Publikum ... Hitler!

Das wurde sofort von Karl Lauterbach und führenden *ZDF*-Experten bestätigt. Hellsichtig hatten sie sofort das Tun des wirtschaftlich erfolgreichsten Mannes der Erde analysiert und die einzig logische Conclusio gezogen: Musk hat den Arm so gehoben, weil er Hitler sein möchte. Und Trump gleich mit. Und überhaupt die alle da, die nicht Kamala heißen.

Und jetzt ein kleiner Fun Fact: Man benötigt genau zehn Sekunden, um exakt die gleichen „Hitler"-Bilder von Lauterbach, Habeck, Obama, Kamala oder Hillary zu finden. Denn es ist zwar äußerst gedankenlos, aber JEDER Mensch erhebt irgendwann einmal die Hand zum Gruß, und wenn er Pech hat, ist ein Fotograf zugegen. Hitlersicher ist also nur, wer die Hände ein Leben lang in den Hosentaschen lässt. Karrieren sind dann zwar eher nicht mehr möglich, aber hey, ein bisschen Schwund ist ja immer. Hauptsache nicht Hitler.

Ernsthaft?

Elon Musk führt im Januar 2025 ein Gespräch mit Alice Weidel und alles, was davon übrigbleibt, ist eine Diskussion darüber, ob der kleine Österreicher, der für den Tod von Millionen verantwortlich ist, rechts oder links war? Manchmal ist es schon erschütternd, wie viele Oberschlundganglien in diesem Land leben, das sich früher mal das Land der Dichter und Denker nannte. Aber je dichter es besiedelt wurde, desto schwerer fällt anscheinend das Denken.

Wenn im Wort Nationalsozialismus bereits das Wort Sozialismus enthalten ist und man weiß, dass die Mannen in Braun sich selbst als links bezeichnet haben, sind das durchaus schlagende Argumente. Andererseits ist es auch absolut verständlich, dass die edlen Sozialdemokraten, die es mit der Wahrheit gerne mal ein wenig ungenau nehmen, seit 1945 alles versuchen, um ihren Sozialismus wieder reinzuwaschen. Natürlich müssen dann der Vegetarier aus Braunau und seine Schergen rechts gewesen sein.

Nur ist das atemberaubend wurscht. Es ist so vollkommen egal, dass man schon schreien könnte vor Schamschmerzen. Dass er kein Guter war, darauf können sich ja nun wirklich hoffentlich 99,9 Prozent unserer Gesellschaft einigen. Egal ob links, rechts, nonbinär, transfeminin oder einfach nur ganz normal bescheuert.

Also überdeckt bitte nicht immer alles Wesentliche mit völlig infantilen Scheindiskussionen. Es ist schon albern genug, dass wir eine Logorrhö-Kranke als Außenministerin hatten. Irgendwann ist dann auch mal Schluss mit Kindisch-Sein.

Warum Ampel-Hampel Elon Musk hassen!

Was denken Sie, warum Elon Musk gerade DAS rote Tuch für unsere ganzen Politiker und Journalisten ist? Ich habe folgende Theorie: Elon Musk macht aktuell vor allem zwei Dinge: Er beleidigt ausländische Politiker und er gibt ungebetene Ratschläge.

Und dass das unseren Politikern nicht passt, liegt quasi auf der Hand, denn das ist ja eigentlich ihre absolute Kernkompetenz. Ich meine unsere Außenkriegsministerin Annalena Komplett Verbockt macht ja 24/7 nichts anderes. Sie hat Chinas Präsidenten einen Diktator genannt, Putin natürlich sowieso, und egal wo sie auftritt, gibt sie unausgegorene Ratschläge und hält moralische Standpauken, was aus dem Mund einer atemberaubend inkompetenten Dame natürlich ein wenig befremdlich ist.

Elon Musk ist immerhin der wirtschaftlich erfolgreichste Mann der Welt. Strack-Zimmermann hat bei Hart aber unfair rumproletet, dass Donald Trump nicht „alle Tassen im Schrank“ hätte, und jeder kleine politische Hinterbänkler versucht, sich dadurch zu profilieren, dass er Trump einen Faschisten und Putin einen Gott-weiß-was nennt.

Und jetzt kommt doch dieser Elon Musk und lässt unsere kleinen Narzissten-Kasper ihre eigene Medizin schmecken. Ist ja klar, dass die vollkommen ausrasten. Und die Journalisten befürchten natürlich, dass ihre komplette Inkompetenz und Überflüssigkeit auffällt. Denn es ist heute schon so, dass jemand, der sich nur durch Twitterix informiert, sicher hundertmal mehr auf dem laufenden ist als jemand, der ausschließlich die Tagesschau guckt.

Fazit: Elon Musk reißt unserem polit-medialen Dilettanten die Maske vom Gesicht. Und dafür sollten wir ihn eigentlich täglich in unsere Gebete einschließen.

Vance vs. Strack-Zimmermann

Der Vizepräsident der Vereinigten Staaten von Amerika hält auf der Münchner Sicherheitskonferenz eine

Rede, in der er anspricht, dass er sich Sorgen um die Meinungsfreiheit in Europa macht, und die politische Zwergin Frau Agnes Strack-Zimmerfrei reagiert darauf, indem sie die Rede als „bizarren intellektuellen Tiefflug bezeichnet"??

Ist diese Frau eigentlich vom wilden Klammerhabeck gebissen? Nichts an der Rede war bizarr und schon gar nichts davon war intellektuell unter dem, was Frau Strack-Vollverzimmert tagtäglich verzapft. Diese Rede spiegelte exakt wider, was Millionen von Menschen in ganz Europa jeden Tag erleben müssen. Spätestens seit Fledermausia sind definitiv nicht alle Meinungen mehr erlaubt, es gibt sehr viele „falsche" Meinungen, die dir schlimmstenfalls viel Ärger einbringen können. Selbst im allerbesten Deutschland aller Zeiten haben gerade in den letzten Jahren viele Menschen Job, Bankkonto oder ihren TikTok-Kanal verloren. Einfach, weil sie nicht die „richtige" Meinung hatten.

Und was ist das für ein diplomatisches Niveau von Frau Strack-Proletenmann? So reden Stammtisch-Besucher nach dem sechsten Weißbier, aber doch bitte nicht Menschen, die sich als Diplomaten-Elite verstehen. Abgesehen davon, dass Mr. Vance Beststellerautor, Multimillionär und gewählter Senator des Bundesstaates Ohio ist, während Frau Strack-Haarhelm noch niemals auch nur in der Nähe eines Direktmandates und beruflich ihr Leben lang eine Vollwurst war.

Hier pinkelt eine Maus einem Mammut ans Bein. Ach was sage ich, eine halbe Maus ... Okay, Sie haben recht, der Vergleich hinkt. Hier pinkelt eine Ameise ein Mammut an. Was wird das Mammut darüber wohl denken?

Marine Le Pen und eine Frisur

In Frankreich wurde Marine Le Pen zu vier Jahren Haft und 100 000 Euro Strafe verurteilt, weil sie 470 000 Euro für unerlaubte Zwecke verwendet hat. Nun gut, manchmal kommen Vergewaltiger und Kinderschänder straflos davon, aber wir wollen hier ja wohl bitte nicht alles in einen Topf schmeißen, außerdem wäre das auch Murphys Law ... äh ... Misanthropie ... äh ... Whataboutism!!

Auf jeden Fall jubeln jetzt die Linken und die Rechten auch irgendwie. Die einen, weil für Nicht-Linke keine Strafe hart genug sein kann, die anderen, weil sie es für eine Bestätigung des korrupten Deep States halten. Nur, was ist wahr? Die Verfehlungen von Marine Le Pen und Co sind eigentlich unstrittig, nur fühlt sie sich im Recht, da Gelder zu veruntreuen anscheinend zum guten Ton im EU-Parlament gehört und sie absolut nicht verstehen kann, warum ausgerechnet an ihr ein Exempel statuiert werden soll.

Gut, angesichts der Tatsache, dass im Dezember 2016 die französische Politikerin Christine Lagarde durch ein Gericht des fahrlässigen Umgangs mit öffentlichen Geldern schuldig gesprochen wurde – hier ging es um 403 Millionen, allerdings ohne Verhängung einer Strafe – und diese Dame dann 2018 Präsidentin der Europäischen Zentralbank werden durfte, kann man vielleicht verstehen, dass Madame Le Pen ein wenig irritiert ist. Speziell, wenn Ermittlungen gegen die Gottkaiserin der EU, Madame Ursula von der Leyen, wegen ihrer dubiosen Pfizer-Deals per SMS gleich mal eingestellt werden, weil die zuständige Staatsanwaltschaft vielleicht der Meinung ist, dass Frau von der Leyen mit ihrer Frisur bereits gestraft genug ist?!

Und bei der Frau mit der CO_2-Katastrophe auf dem Kopf ging es immerhin um Milliarden. Frau Le Pen muss wohl lernen, dass manche vor dem Gesetz einfach gleicher sind als Gleiche. Oder sie muss den Friseur wechseln.

3. Gesichter, von Liebreiz zerfressen

Was verbindet Saskia Esken, Renate Künast, Ralf Stegner und so viele andere Gesichter der deutschen Politik? Ja, genau, Liebreiz! Es ist ja ein bekanntes Phänomen, dass sich der Charakter eines Menschen im Laufe seines Lebens in seinen Gesichtszügen manifestiert. Und diese drei genannten Gesichter, sind ein fantastisches Beispiel für diese These.

Man muss nur in diese Gesichter blicken, um zu wissen, dass Politiker kein Beruf ist, den man ergreifen möchte. Denn wer will schon ein Gesicht, das zwanzig Jahre später dermaßen von Liebreiz zerfressen ist? So eine schwülstige Milde und Güte, wie zum Beispiel das Antlitz einer Frau Künast ausstrahlt, muss doch im Alltag immense Probleme bereiten. Sicher wird ein Herr Stegner permanent für den neuen Messias gehalten und hoffnungsvolle Menschen versuchen, seinen Rocksaum zu küssen, während Frau Esken sich der Verehrer und Bewunderer wahrscheinlich überhaupt nicht erwehren kann.

Nein, das will man doch nicht. Auch, wenn der Blick in solch liebevolle und offene Gesichter auch immer viel Hoffnung bringen kann, schaut man als kluger Mensch lieber woanders hin. Denn die Schönheit solchen Liebreizes kann blenden bis zur Blindheit.

Dieses fiese Sirren

Wissen Sie, was das Schlimmste an Mücken ist? Nicht die Stiche oder das Jucken. Nein, das Schlimmste ist das Geräusch, das sie machen. Dieses helle Sirren, mit dem sie ihre Anwesenheit kundtun und einen wach halten. Würden sie einem einfach nur Schmerzen bereiten, aber ansonsten die Klappe halten, wäre ihr Mücken-Leben auch weniger riskant.

Sehen Sie hier auch Parallelen? Exakt, Mücken sind genau wie Politiker. Ach, wenn unsere Politiker doch einfach weniger reden würden. Dieser ganze Wortmüll wie, dass die Ukraine 70 Milliarden Menschen ernährt (Strack-Zimmermann), Putin sich um 360 Grad drehen muss (Baerbock) und man ja nicht insolvent ist, wenn man aufhört zu verkaufen (Habeck), wäre doch wirklich komplett verzichtbar. Wie eigentlich auch alles andere, was Politiker sagen.

Denken Sie nur daran, dass Angela Merkel noch 2002 die Zuwanderung einschränken wollte, der Rest ist Geschichte. Und wenn Menschen keinerlei Haltung, keinerlei echte Meinung und kein Gewissen haben, ist es auch völlig redundant, was sie so von sich geben. Denn morgen kann das ja schon nicht mehr gültig sein.

Also wäre ich für transparente Bewertungskriterien für Politiker, fernab der Medienpräsenz. Arbeitslosenzahlen, Kriminalitätsrate, was weiß ich, sollen sie sich selbst ausdenken, unsere ganzen Berufspolitiker ohne Hochschulabschluss und Allgemeinbildung. Aber dieses Sirren muss einfach aufhören, dann sind die Schmerzen vielleicht auch erträglicher.

Der weiße Riese in Damaskus

Im Januar 2025 besuchte die klügste und schönste Frau, die jemals Deutschland als Außenscham-Ministerin vertreten hat, die Hauptstadt der neuen Bilderbuch-Demokratie in Syrien. Doch kaum in Damaskus angekommen, kam es zu ersten Verwerfungen.

Im Nachhinein war nicht mehr so ganz zu klären, warum ihr der neue Machthaber dieses Musterstaates, ein unheimlich aussehender Zottelbart, der erst kurz zuvor von seinem Ausbildungsberuf als mörderischer Terrorist auf Staatsoberhaupt umgeschult hatte, ihr den Handschlag verweigerte. Böse, gesichert rechtsextreme Stimmen behaupteten natürlich sofort wieder, dass es daran gelegen hätte, dass Frau Baerbock sich extra für diesen Anlass als weißer Presssack verkleidet hatte, und es sei ja allgemein bekannt, wie die Neu-Demokraten in Syrien zu Schweinefleisch stehen würden.

Gemäßigtere Vertreter, hauptsächlich aus FDP-nahen Kreisen, raunten sich währenddessen unter der Hand zu, dass der syrische Al Zottelbart sicher die Hand entzogen hätte, weil er sich nicht mit chronischer Logorrhö anstecken wollte, denn schließlich gibt es da ja nicht mal was von Pfizer dagegen.

Aber am Ende stellten unzählige linksgrüne Trolle die Angelegenheit in den sozialen Medien richtig. Denn noch nie, seit dem Urknall, hatte ein moslemischer Herrscher eine weibliche Führungskraft aus dem Westen berührt, warum denn plötzlich alle aus so einer Mücke eine Ricarda machen müssten?

Konfrontiert mit unzähligen Bildern, auf denen Mutti Merkel und Grandma Thatcher fröhlich moslemische Scheichhände schüttelten, mischte sich der noch amtierende Kinderbuch-Vizekanzler Robert Habeck in die Diskussion ein und forderte sowohl ein Verbot von Twitterix als auch eine Hausdurchsuchung bei Wladimir Putin. Am nächsten Tag war Annalena Baerbock dann auf allen offiziellen Bildern der syrischen Regierung unkenntlich gemacht und Satiriker weltweit kündigten an, unter diesen Umständen nicht mehr arbeiten zu können.

Ein bacon of hope, der ein Star sein will

Wussten Sie, dass unsere Außenkriegsministerin in Amerika „gelebt“ hat? Mit 16 oder 17 Jahren, als Austauschschülerin. Und, dass sie innerhalb eines Jahres an einer Elite-Uni in London Völkerrecht studiert hat?

Ja, ich sehe die Verwirrung in Ihren Augen. Sie fragen sich jetzt: „Aber was ist danach passiert?“ Speziell wo wir ja alle wissen, dass diese Speerspitze des grünen Intellekts auch noch vom Leistungssport kommt und dreimal Dritte bei Deutschen Meisterschaften in der Disziplin Minitrampolin Doppel war.

„Minitrampolin Doppel? Willst du mich komplett verarschen Brendel?“, brüllen Sie jetzt wahrscheinlich erzürnt in dieses bislang lustigste Buch Ihres Lebens. Aber ich kann doch nichts dafür! Als staubtrockener sachlicher Chronist des Wahnsinns muss ich doch bei den Fakten bleiben!? Und Minitrampolin Doppel hat mindestens so viele Anhänger wie Ferkel-Jonglage und Steuererklärung-Weitwurf. Auch in diesen Disziplinen müssen die Besten der Besten jahrzehntelang hart trainieren und viele Opfer bringen.

Nur, wie konnte sich diese hochbegabte Frau, der keine Herausforderung zu groß ist, schlussendlich in einen bacon of hope entwickeln? Ich weiß es doch auch nicht. War die Trampolinhalle vielleicht ungünstig gebaut? Geht das allen so, die viel Zeit mit Robert Habeck verbringen? Ist die Stylistin schuld? Oder gar Putin?

Final werden diese Fragen Historiker beantworten müssen, wenn sie unseren Kindeskindern erklären werden, wie einst eine der größten Volkswirtschaften der Welt untergegangen ist.

Last Exit Politik

Haben Sie mal darüber nachgedacht, welche Jobs toxische Narzissten wie Robert Habeck oder Annalena Baerbock in der freien Wirtschaft haben könnten? (Ricarda Lang möchte ich hier bewusst ausklammern, denn deren Qualifikationen würden in der freien Wirtschaft nicht mal zum Anrühren von Tapetenkleister ausreichen.)

Robert Selbstzweck könnte womöglich ein angehimmelter Philosophie-Professor sein, mit blutjungen Studentinnen schäkern und Dinge sagen wie: „Die Realität weicht meinen Fragen bis zum Rande der Machbarkeit aus." Parallel könnte er noch weitere erfolglose Kinderbücher von seiner Frau verfassen lassen und sich als Co-Autor bezeichnen, aber sonst? Ich meine, jemand, der weder Pendlerpauschale noch Insolvenz verstanden hat, möchte man jetzt ja nicht zwingend in einer Führungsposition haben.

Und Annalena? Kindergärtnerin könnte ich mir gut vorstellen. Sie könnte von den Kleinkindern viel Allgemeinbildung gelehrt bekommen und ihnen im Gegenzug lustige Worte beibringen. Wie zum Beispiel „fotzil" und „bacon of hope". Alle hätten ihren Spaß und niemand müsste sich schämen. Ach, die Welt könnte so einfach sein.

Über Angeber*innen wie außen! Besonders außen!

Darf ich ein bisschen angeben? Ich habe bisher fünfmal einen Ironman erfolgreich ins Ziel gebracht. Das sind 3,8 km Schwimmen, 180 km radeln und 42,2 km laufen. Dazu habe ich elfmal einen Marathon gefinisht (gefinisht ist neudeutsch und heißt gefinisht), unzählige kürzere Triathlon- und Laufwettkämpfe absolviert und in meiner Jugend fast wöchentlich Tennis-Wettkämpfe oder Ligaspiele im Fußball absolviert.

Aber wissen Sie, was ich niemals sagen würde? Ich würde niemals sagen: „Ich komme vom Leistungssport!“ Lieber würde ich vor Scham im Boden versinken, denn echte Sportler kennen auch echte Leistungssportler und respektieren deren Fähigkeiten.

Ich hatte Tennis- und Triathlon-Trainer, die ehemalige und sogar aktive Profis waren. Die ihren Lebensunterhalt mit ihren sportlichen Fähigkeiten bestreiten konnten. Und bei Gott, diese Jungs konnten wirklich etwas! Absolute Mental-Monster, die natürlich ihr Leben der jeweiligen Sportart gewidmet hatten, aber eben auch über ein außergewöhnliches Talent verfügten. Voller Respekt und Hochachtung habe ich zu diesen Burschen aufgeblickt.

Deswegen hasse ich es, wenn sich jemand leichtfertig als „Leistungssportler“ bezeichnet, denn das ist ehrlos und hat keine Würde. Wie gesagt, ich bin zu gewissen Ausdauerleistungen fähig, trainiere bis zu 20 Stunden die Woche für mein Hobby und bin absolut gerne der kleine dicke Brendel, der auch mitgemacht hat. Letzter werde ich fast nie und an guten Tagen gewinne ich sogar die Altersklasse 70 bis 74 bei den Frauen.

Gut, ich bin deutlich jünger und auch ein Mann, aber es kommt ja heutzutage darauf an, wie man sich FÜHLT! Und ich finde, die Damen sollten froh sein, dass ich sie unbehelligt lasse und mich nicht per mündlicher Willenserklärung in ihre Wettkämpfe schummele, obwohl ich es, dank der Ampel, ja inzwischen könnte.

Aber wissen Sie, wem der Satz: „Ich komme vom Leistungssport“ kinderleicht von den Lippen geht?

Unserer ehemaligen Außen-Blitzbirne Annalena Baerbock, die dreimal Dritte bei Deutschen Meisterschaften im Mini-Trampolin Doppel war. MINI-TRAMPOLIN DOPPEL!

Eine ungelernte Küchenhilfe entgleist

Kennen Sie die grüne Dame Katrin Göring-Eckardt? Wenn nicht, ist es nicht schlimm. Und gerade für Menschen mit hohem Blutdruck ist es vielleicht sogar besser. Die Dame sitzt im Bundestag, früher war sie sogar lange Jahre Vize-Präsidentin des Bundestages, und man darf wirklich mit Fug und Recht über sie behaupten, dass sie wahrscheinlich eine der ungebildetsten der 630 Abgeordneten ist, die den Steuerzahler jedes Jahr rund eine Milliarde kosten.

Und das ist angesichts der unzähligen Grünen, die weder Abschlüsse noch je Kontakt zum Arbeitsmarkt hatten, wahrlich eine Leistung, zu den intellektuell Schwächsten zu gehören. Aber wenn Bildung auf Ausbildung basiert, dann hat die liebe Katrin nun mal extrem schlechte Karten. Denn außer einem abgebrochenen Studium der evangelischen Theologie und zwei Jahren Tätigkeit als Küchenhilfe hat sie nun mal nicht das Geringste vorzuweisen.

Für eine wahrlich große Karriere in der grünen Partei war das aber trotzdem völlig ausreichend, was tatsächlich ein wenig überraschend ist, denn an der Wahlurne ist die Dame mit dem umstrittenen Nachnamen Göring (nach meinen Informationen aber nicht verwandt oder verschwägert) absolutes Wählergift. Das waren ihre Versuche, ein Direktmandat zu erringen:

2005 wurde sie Vierte in ihrem Wahlkreis mit 7,6 Prozent der Erststimmen.

2009 reichte es nur für Platz fünf im Wahlkreis mit 5,4 Prozent.

2017 wurde sie immerhin Fünfte und sahnte 7,1 Prozent der Erststimmen ab.

2021 dann der Durchbruch mit Platz fünf im Wahlkreis und 11,8 Prozent der Erststimmen.

Unnötig zu erwähnen, dass die Grünen auch jedes Mal mehr Zweitstimmen im Wahlkreis bekamen als das ungelernte Wählergift Göring-Eckardt. In den anderen Jahren wurde sie dann vorsichtshalber nicht einmal aufgestellt, denn anscheinend mögen sie nicht mal die Grünen.

Trotzdem zog sie immer über einen sicheren Platz auf der grünen Landesliste in den Bundestag ein. Anscheinend gibt es vereinzelt mächtige Grüne, die ihren Unterhaltungswert zu schätzen wissen und die sie mitschleppen. Der Souverän, also der Wähler, wehrt sie nachhaltig und seit Jahrzehnten stabil mit Händen und Füßen ab.

Neulich sonderte sie in einer der vielen Talkshows, in die sie regelmäßig eingeladen wird, weil das Volk sich nun mal gerne an Narren ergötzt, folgenden bemerkenswerten Satz ab: „Wir werden einen Wohlstand des Weniger haben.“ Dafür musste die arme unterbezahlte Dame so viel Spott und Häme einstecken. Dabei hat sie doch vollkommen recht!? Wohlstand des Weniger macht mit einem Intellekt des Dümmeren doch absolut Sinn?

Ein grüner Held riskiert ALLES!

Kennen Sie Toni Schuberl? Nein? Toni Schuberl sitzt, wie sein Name schon erkennen lässt, im bayrischen Landtag für die grüne Wärmepumpenretter-Partei. Okay, als Politiker ist er eher so semi-erfolgreich, von einem Direktmandat ist er weiter entfernt als ich von einem Olympiasieg im Kugelstoßen … der Damen.

Aber dafür ist dieser Mann ein wahrer Held! Ein Held, der keinerlei Risiken scheut und im Widerstand buchstäblich tagtäglich seine gesamte Existenz aufs Spiel setzt. Georg Elsner? Graf von Stauffenberg? Amateure gegen diesen Toni Schuberl. Ja, ihre Namen werden schon bald völlig verblasst sein, während der Name Toni Schuberl noch in Jahrhunderten kraftvoll leuchten wird!

Aber was ist passiert? Ach, Tonis Heldentaten sind sicher mannigfaltig, aber ich möchte mich hier und heute auf seine allergrößte kaprizieren. Am 29.01.2025 twitterte der unerschrockene kleine Toni aus dem grünen Bällebad folgendes: „Mit den Faschisten paktieren! Sie sollten sich schämen! Das war mein Zwischenruf heute im Landtag. Dafür habe ich heute meinen ersten Ordnungsruf von der CSU-Landtagspräsidentin Ilse Aigner erhalten. Ich bleibe dabei: Die CSU sollte sich schämen!“

Das muss man sich mal vorstellen! Dieser tapfere Widerstandskämpfer lässt für seine Überzeugung jeden demokratischen Anstand fahren und brüllt einfach mal dumme Parolen durch den Landestag. Ich finde, dafür hat er unseren allerhöchsten Respekt verdient! Ich meine, er hat immerhin einen, völlig belanglosen und nicht strafbewehrten, Ordnungsruf riskiert, und, schlimmer noch, sogar erhalten. Mein Gott, was müssen seine Eltern stolz auf ihren Buben sein.

Ich bedanke mich hier auch noch mal ausdrücklich persönlich bei Herrn Schuberl, dass er seine historische Großtat auf der Plattform *X* (ehemals *Twitter*) uns allen mitgeteilt hat. Obwohl seine Partei diese rääääächtsextreme Plattform ja eigentlich in Scharen fast verlässt. Ich meine, um ein Haar hätte sonst von dieser Sternstunde der bundesrepublikanischen Geschichte keine tote Sau erfahren.

Die Mini-Grüne Jette nie zart

Kennen Sie Jette Nietzard, die neue Chefin der Grünen Jugend? Oder Jette nie zart, wie ich sie gerne nenne? Nein? Gott, wie ich Sie beneide, mir ist diese Segnung leider nicht vergönnt. Denn obwohl mich diese Dame überall geblockt hat, wo es eine Block-Funktion gibt, kann ich ihren vor Dummsinn strotzenden Videos, die sie gefühlt stündlich ins Netz erbricht, nicht entgehen.

Die gute Jette ist 1999 geboren, bei Entstehen dieses Buches 26 Jahre alt und jetzt schon verbitterter als das Gesicht von Ens Esken. 2024 wurde sie die Chefin der Grünen Jugend und seitdem fühlt sie sich irgendwie verpflichtet, durch maximalen Dummsinn permanent Aufmerksamkeit zu erregen.

Dabei ist sie im Vortrag immer maximal unsympathisch und anscheinend so aufgeregt, dass der Sinn ihrer Worte immer nur in Slow-Motion zu verstehen ist. Wahrscheinlich ist sie gewohnt, dass sie Zuhörer nicht besonders fesseln kann und spricht deswegen so schnell, bevor sie jegliche Aufmerksamkeit verliert.

Für viele Menschen ist sie ein so großes Ärgernis, beziehungsweise eine so große Lachnummer, dass ihre Logorrhö tausendfach geteilt wird. Sie ist schon jetzt für so viele Klassiker verantwortlich. In einem Video hat sie unsere Sicherheitskräfte dreimal „Bullen“ genannt, weil die nicht schnell genug jemanden dafür zur Rechenschaft gezogen haben, der sie im Internet beleidigt hatte. Sie wollte damit „a bissl Geld machen.“

Ja, da ist die kleine Jette schon auf den Spuren ihrer großen Vorbilder Robääärt und Trampolina, die ja womöglich bald *X* kaufen, ob der ganzen Einnahmen aus ihren Strafanzeigen. In einem anderen Video sinnierte sie darüber, dass Männer, die sich die Hände mit Silvester-Böllern weggesprengt haben, zumindest nicht mehr Frauen schlagen können, was dann selbst ihrer Partei zu viel wurde, woraufhin sie das Video löschte und eine Entschuldigung hinterherschob, die alles nur noch schlimmer machte.

Auch darüber, dass man sehr wohl im Jogginganzug in den Bundestag gehen kann, und noch vieles Weises mehr, sonderte sie etwas ab. Was Kindermund halt so von sich gibt, wenn er von der selbst empfundenen Wichtigkeit berauscht ist.

Aber den Vogel schoss sie windradgleich ab, als sie die Unschuldsvermutung in ihrer Partei abschaffen wollte, nach dem Motto, wenn jemand sagt, dass er sexuell belästigt wurde, dann glauben wir das als feministische Partei. Dass sie das angesichts der völlig haltlosen Vorwürfe gegenüber ihrem Berliner Parteikollegen Stefan Gelbhaar äußerte, machte das Ganze so befremdlich, dass sich auch hier wieder Partei-Granden der grünen Weltuntergangspartei einschalten mussten, um die verqueren Äußerungen der kognitiv schlecht verdrahteten jungen Dame ins rechte Licht zu rücken.

Doch ich bin mir relativ sicher, dass sie es trotzdem nicht verstanden hat, denn Ideologie ist ein zähes Biest. Also möchte ich es ihr hier noch einmal erklären, eventuell lernt sie ja doch noch lesen in ihrem Leben und diese Zeilen erreichen sie irgendwie.

Wenig verehrte Frau Nietzard, wenn man die Unschuldsvernutung aufhebt, kann sie selbst ein liebevoller Autor wie ich als Trickbetrügerin, Ladendiebin oder Giftmörderin bezeichnen! Und wenn man ihrer

Argumentation folgt, muss mir dann erstmal jeder glauben. Sie können dann ja das Gegenteil beweisen, was ich Ihnen nicht leicht machen würde, denn Leute wie ich sind sehr kreativ, wenn es darum geht, arroganten, ungebildeten Wohlstandsgören die Leviten zu lesen.

Im März 2025 hat sie ein weiteres Meisterstück abgeliefert! Hat sie doch tatsächlich mehr Orgasmen für Frauen gefordert und die Frage aufgestellt, warum Frauen in heterosexuellen Beziehungen bleiben sollen, wenn sie (angeblich) 30 Prozent weniger Orgasmen haben als Männer?

Daran anschließen könnte man natürlich die Frage, warum Männer in heterosexuellen Beziehungen bleiben sollen, die ihnen in viel zu vielen Fällen das Leben zur Hölle machen. Aber die Antwort ist immer dieselbe: weil homosexuelle Beziehungen für Heteros in der Regel recht unbefriedigend sind.

Nun gut, so sehr hat sich Jette wahrscheinlich nicht mit dem Thema beschäftigt, und ich finde, das kann man auch wirklich nicht verlangen, schließlich ist sie Politikerin und muss sich täglich neuen populistischen Dummsinn ausdenken, um irgendwie präsent zu bleiben.

Aber dass sie mit 26 Jahren anscheinend noch Jungfrau ist, berührt mich schon zutiefst. Denn sonst würde sie ja wissen, dass sexuelles Glück hauptsächlich durch gute Kommunikation entsteht und recht selten durch politische Vorgaben. Aber wer weiß, vielleicht kommt durch Jette nie zart (dafür immer peinlich) ja der Strafzettel für den Mann bei Ausbleiben des weiblichen Orgasmus. So könnte man eventuell auch unser Schuldenproblem lösen. Was allein Friedrich Merz da zahlen müsste ...

Verblendete Kinder in der Politik

Immer wieder wird darüber diskutiert, warum in Deutschland eine große Politikverdrossenheit herrscht. Warum das Vertrauen in unsere Politiker immer mehr schwindet und sich immer größerer Unmut breit macht.

Nun, wie immer sind die Gründe natürlich vielfältig und das Thema ist komplex, aber was auf gar keinen Fall hilfreich ist, sind verblendete Kinder in der Politik, die uns mit unausgegorenen unreifen Meinungen auf den Senkel gehen, die keinerlei Substanz und Basis haben.

Gott sei Dank ist eine Frau Nietzard bisher noch in keinem Landtag oder gar im Bundestag angekommen, aber es wirft ein extrem schlechtes Licht auf ihre Partei, wenn sie eine Frau ins Rampenlicht stellen, die intellektuell dem Ganzen nicht einmal annähernd gewachsen ist, die rhetorisch immense Probleme hat, auch nur ansatzweise rüberzubringen, was sich eigentlich in ihrem Vorderlappen abspielt, und die in ihrer Verzweiflung sich ständig erfundene Zahlen aus dem Allerwertesten zieht oder einfach schamlos lügt.

Es gibt so viele junge Leute in diesem Land, die schon mit 20 etwas draufhaben, die gebildet sind, Manieren haben und die leistungsfähig und -willig sind … Gut, die sind dann zwar sicher nicht Mitglieder bei Bündnis Nutzlos/Den Grünzis, aber auch in dieser verlorenen Partei muss es Menschen geben, die sich schon weiter vom Urschlamm entfernt haben als Jette nie zart.

Früher war Emilia Fester das junge Gesicht der Grünen, mit dem Ergebnis, dass die Grünen bei der Europawahl 2024 um 23 Prozent bei der jungen Zielgruppe eingebrochen sind. Jetzt hat man sich die unfassbare Jette als Flaggschiff für die jungen Leute ausgesucht. Es scheint fast so, als ob es bei den Grünen einen Hang zur Selbstzerstörung gibt.

Sind Linke doof?

Heidi Reichinnek (Die Linke) saß im April 2025 bei Markus Lanz. Die Linke mit diesen irritierenden Gesichts-Explosionen war zu der Zeit die beliebteste Politikerin des besten Deutschlands aller Zeiten und hatte sogar Frau Strack-Zimmermann auf die hinteren Plätze verwiesen.

Ich meine, das muss man erst mal schaffen. Beliebter als Marie-Agnes Strack-Zimmermann zu sein, ist ungefähr so, wie besser als ein Müllcontainer zu sein. Im Stabhochsprung. Aber nun gut, jedes Land hat die Politiker*innen wie außen, die es verdient.

Doch nun zu der Frau, die die Reichen höher besteuern möchte, selbst aber im Bundestag ordentlich absahnt und auch noch „Reich" im Namen hat. Ich habe mir ihren Auftritt natürlich angeschaut, und, was soll ich sagen, es war quälend. Während Markus Lanz ja gerne auch mal zu dritt oder viert einzelne Gäste niederbrüllt, demontierte er in diesem Fall die liebe Heidi wohl eher unabsichtlich, dafür aber komplett.

Er stellte einfach nur Fragen zum absoluten Lieblingsthema der Partei von Frau Problem-Pony, und sie konnte keine einzige beantworten. Weder dazu, wie viele Mietwohnungen es in Deutschland gibt (45 Millionen), noch dazu, wie viele davon Kleinsparern gehören (60 Prozent) oder wie hoch die Rendite für diese Kleinsparer ist (2-3 Prozent vor Steuern).

Eigentlich ist das erst mal gar nicht so schlimm. Denn schließlich wissen wir ja, dass lebenslange kognitive Pechsträhnen nachweislich gesichert linksextrem sind. Doch gilt für Politiker, wie auch in vielen anderen Jobs, folgende Prämisse: Behalte auch bei totaler Ahnungslosigkeit immer ein sicheres Auftreten. Aber nicht mal das hatte die tätowierte Wortmüll-Akrobatin drauf, sondern sie entschuldigte sich mit Migräne, was das ganze Schauspiel dann zu einer dermaßen Fremdscham verursachenden Farce machte, dass man kaum noch hinschauen konnte.

Tja, egal, wie sehr man seinen kleinen Champagner-Sozialisten auch behütet, irgendwann muss sich jeder der Realität stellen, und die ist nicht immer blassrosa Heidi Bumbeitschi, sondern oft recht nüchtern. Zahlenbasiert, leistungsorientiert und ja, oft auch ungerecht.

Natürlich kann dann die große Heidi nur einen Realitätsschock erleiden, denn wer wochenlang für sein erstes A-A gefeiert wurde, kommt eher schlecht damit klar, wenn auf einmal konkretes Wissen abgefragt wird. Ich glaube, das kann in Summe sehr frustriert und wütend machen und der Grund sein, warum man am liebsten das ganze System ändern möchte, denn die Alternative wäre ja, an sich selbst zu arbeiten, was ungleich schwerer ist als A-A oder Purzelbaum machen.

Doch das Schlimmste ist, dass es ihr völlig klar sein musste, dass ihr diese Fragen gestellt werden. Markus Lanz macht das IMMER! Das mag man unfair finden, schließlich hat er eine vielköpfige Redaktion hinter sich, teuer bezahlt von uns, den Zwangsgebühren-Schafen, die ihm notfalls auch noch während der Sendung Dinge ins Ohr flüstern kann, und er kann sich vorbereiten, während seine Gäste aus dem Stegreif antworten müssen.

Aber wenn man zumindest die gesetzlich vorgeschriebenen Jahre im deutschen Schulsystem verbracht hat, müsste man eigentlich wissen, dass man hin und wieder auch was gefragt werden kann. Das Ganze soll dazu dienen, die Kompetenz der befragten Person zu klar umrissenen Themengebieten herauszuarbeiten.

Und Herr Lanz hat ja nicht gefragt, wer die Tore für den FC Bayern im Pokalfinale 1982 geschossen hat (Rummenigge, Kraus, Breitner und Dieter Hoeness per Kopfball mit blutdurchtränktem Kopfverband). Nein, er hat dem tätowierten Migräne-Pony nur Fragen zu ihrem Haupt-Wahlkampfthema gestellt.

Dass sie keine davon beantworten konnte und nur mit verzweifeltem Wortmüll reagierte, bedeutet: Arroganzinnek hat sich NULL vorbereitet. Und sie hat auch ein Team, das ihr zuarbeitet. Sprich, unsere gesamte Politiker-Elite ist inzwischen nicht nur nicht in ihren eigenen Themen, sondern auch arrogant genug zu glauben, dass sie es auch gar nicht mehr sein muss, weil sie gewohnt ist, dass unsere „Journalisten“ niemals nachfragen und sie immer mit schaumigem Wortmüll davonkommen lassen. Und das bedeutet, wir werden überhaupt gar nichts mehr erfahren. Zumindest, wenn man sich zu den „Qualitätsmedien“ verirrt.

Wenn das Hauptthema Mieten sind, man dann aber nicht das Geringste über die Fakten weiß, dann kann ich nicht die beliebteste Politikerin des Landes sein. Dann ist man einfach nur ein neuer Habeck – aber mit Brüsten.

Eine Schmuddel-Partei

Mitten in den Wahlkampf 2025 der Grünen platzte die sehr unappetitliche Geschichte um den grünen Politiker Stefan Gelbhaar. (Der ja eigentlich schon mit seinem Namen genug gestraft ist.) Verschiedene

Frauen hatten ihm sexuelle Belästigung vorgeworfen; aufgedeckt wurde die ganze Affäre vom ehrwürdigen, aber völlig unterfinanzierten, öffentlich-verächtlichen Praktikanten-Kanal *RBB*, und die sensationshungrigen und gänzlich unfähigen deutschen Medien griffen die Geschichte nur allzu gerne auf.

Nur stellte sich schnell heraus, dass der *RBB* einer infamen Intrige aufgesessen war. Eine 27-jährige grüne Bezirkspolitikerin war irgendwie geistig Amok gelaufen, hatte ein Opfer namens „Anna K.“ erfunden, in deren Namen sogar eine eidesstattliche Versicherung abgegeben – und das Qualitätsmedium *RBB* war darauf hereingefallen.

Auf das Aussehen und die innere Ausgestaltung der Bezirkspolitikerin namens Shirin Kreße möchte ich hier ganz bewusst nicht eingehen, denn ich suche Gegner – keine Opfer. Sie ist dann sehr schnell aus der Partei ausgetreten und in der Versenkung verschwunden. (Es muss eine sehr umfangreiche Versenkung gewesen sein. Na ja, schauen Sie sich einfach Bilder von ihr an.)

Der Möchtegernkanzler Robert Habeck drückte sich vor einer Aussage zu dieser Schmuddel-Affäre, er mag es ja generell nicht so gerne, wenn er von Realität umzingelt wird, aber das Mastermind der Partei, die unfehlbare kindliche Kaiserin Annalena, äußerte sich ehrlich, aufrichtig und emphatisch: „Als Außenministerin kann ich mich nicht dazu äußern.“

Sprich, angesichts der Ukraine und des Gaza-Streifens kann ich mich nicht zu einem Partei-Kollegen auslassen, der gerade grundlos von meiner toxischen Partei unter den Bus geworfen wird. Dafür haben wir natürlich Verständnis. Manche Menschen sind einfach zu Höherem berufen. Soll er doch Kuchen essen, dieser Gelbhaar.

Wenn man freitags nie in der Schule war

Kennen Sie Luisa Neubauer, die deutsche Chefin der Schulschwänzer? Nein? Das ist so eine Art Alice Schwarzer, nur für Klima. Manchmal auch gegen die AfD oder was immer halt gerade Aufmerksamkeit bringt. Natürlich grün, natürlich nicht diskursfähig und recht blockend, wenn man auf *X* einen Scherz über sie macht.

Sie hat mal den Ausgang des Berliner Volksentscheids als „knapp“ bezeichnet, bei dem es darum ging, ob Berlin 2030 klimaneutral sein soll, und bei dem 82 Prozent nicht für Ja gestimmt haben. Aber sie hat auch sonst interessante Denkstrukturen. Sie kämpft zum Beispiel täglich für das Klima, indem sie möglichst viel fliegt und ganz allein einen größeren CO_2-Ausstoß hat als die gesamte Energiewirtschaft eines mittleren afrikanischen Staates.

Außerdem verteufelt sie die Einmischung von Elon Musk in unsere Wahlen, indem sie Haustürwahlkampf für Kamala Harris direkt vor Ort in Amerika macht. Und sie steht für Aufrichtigkeit und Transparenz ein, indem sie die Auflösung ihres Landesverbandes in Bremen wegen Mobbing und den fanatischen Antisemitismus ihrer Chefin stillschweigend ignoriert.

Ansonsten teilt sie Jute-Kondome und veganen Dildo mit dem Moderations-Praktikanten Louis Klamroth, der das Politik-Format Hart aber unfair komplett vor die Wand gefahren hat und dafür von der *ARD* mit einer Vertragsverlängerung und einem geschätzten Jahresgehalt von 700 000 Euro aus der Zwangsgebühr belohnt wurde.

Bestimmt war die *ARD* deswegen so großzügig, weil der aufrichtige Louis vor Vertragsunterzeichnung seine Beziehung zu der flotten Hardcore-Aktivistin mit dem Oberschlundganglion verschwiegen hatte. Frank Plasberg übrigens, der Hart aber überflüssig über 20 Jahre moderiert und produziert hatte, ist nur noch so semi-gut auf den Moderations-Unfall Klamroth zu sprechen, hat der ihm doch hinterrücks den lukrativen Produktionsauftrag abgeluchst.

Aber der gute Louis hatte einfach zu gute Argumente. Erbärmliche Quoten, vernichtende Kritiken und hundertprozentige linksgrüne Linientreue, die zuverlässig in jede einzelne Sendung mit einfließt. Sorry, Herr Plasberg, da musste die *ARD* einfach zuschlagen. Dass die Produktionsfirma von Herrn Plasberg, Ansager und Schnipselmann, deswegen 20 Leute entlassen musste, ist natürlich doof. Aber ein bisschen Schwund ist ja immer, wenn irgendwo ein Grüner mitmischt.

Doch zurück zu Luisa Verneubauert, die Gute sagt an jeder möglichen und unmöglichen Stelle: „Wir sind mehr." Und ich frage mich immer, was sie meint? Auf die Wahl-Umfragen kann sie das ja schließlich nicht beziehen, denn da ist linksgrün schließlich klar weniger. Vielleicht meint sie, wir sind mehr … ungebildet, wohlstandsverwahrlost und intolerant? So viel Selbstreflexion fände ich tatsächlich erfrischend, traue ich ihr aber irgendwie nicht zu.

Eventuell spricht sie aber auch von den Demonstrationen gegen Räääächtz, denen sie gefühlt stündlich beiwohnt und an denen nicht selten 103 Prozent der Landesbevölkerung teilnehmen. Nur, wer sind diese Leute denn wirklich, die auf Abruf für Staats-Demos bereitstehen? Die meisten tragen ja eine Bauschutzmaske, könnten also durchaus auch chinesische Agenten sein, die uns in die linksgrüne Dummheit führen wollen. Das würde auch die hohen Zahlen der

Demonstrierenden (Oh Gott, habe ich gerade gegendert? Sorry, kommt nicht mehr vor.) erklären. Ich meine leutetechnisch hat es China ja.

Kevin „Allein-im-Kopf" Kühnert

Erinnern Sie sich noch an dieses „Jahrhunderttalent"? Ja, bei der SPD kann man easypeasy zum absoluten Überflieger werden, selbst wenn man es im realen Leben nur zu einem abgebrochenen Studium und zum Mitarbeiter in einem Call Center gebracht hat.

Dieses politische „Jahrtausendtalent" hat sich kurz vor der Bundestagswahl 2025 plötzlich aus der Politik zurückgezogen und dafür „gesundheitliche Gründe" geltend gemacht. Ganz Deutschland vermutete eine Depression, einen Burn-out oder Ähnliches und viele hatten aufrichtiges Mitgefühl. Ich Schaf natürlich auch.

Selbst dem unsympathischsten, verbohrtesten Ideologen ohne Haltung und Werte wünsche ich keinen körperlichen Schaden. Obwohl gerade politische „Jahrzehntausend-Talente" so weit von meiner Sympathie entfernt sind, wie nur irgendwie vorstellbar. Sogar weiter als die Länder, die mehrere Hunderttausend Kilometer von mir entfernt sind. Ich mag ja nicht mal die normalen Politiker ohne jedes Talent.

Aber jetzt muss ich erfahren, dass es gar keine gesundheitlichen Probleme beim kleinen Kevin gab? Sondern eine „Bedrohungslage" und ein Gefühl der Vergeblichkeit? Ich glaube echt, mein Meerschweinchen pfeift!? (Sagt man das so?) Ein „Gefühl der Vergeblichkeit" haben in Deutschland gerade wahrscheinlich Millionen, besonders nach der Bundestagswahl 2025. Und dank unserer Kriegshetzer in Berlin ist das ganze Land von einem Krieg bedroht. Mehr „Bedrohungslage" geht ja kaum.

Abgesehen davon, dass man als Frau hierzulande ohne Bodyguards und Laserschwert das Haus besser auch nicht mehr verlässt. Und wenn, trägt man besser ein Ganzkörper-Kopftuch und hält den Blick gesenkt. Aber all diese bedrohten, verzweifelten Menschen können eines nicht: über 100 000 Euro auf Steuerzahlerkosten kassieren, ohne zu arbeiten. Das kann nur der Mann von der Hotline Kevin fucking Kühnert. (Stellen Sie sich hier bitte ein wütendes Emoji vor.)

Mein Kamel auf der Höhe von Leipzig

Steffi Lemke, unsere ehemalige grüne Umweltministerin, hat neulich im Bundestag gesagt, dass Regen nicht gegen die schreckliche Dürre in Deutschland helfen würde. Das Einzige, was helfen könnte, wäre eine Bundesregierung, die das Thema endlich ernst nimmt und „auf die Agenda" setzt.

Also, ich bin ja oft auf meinem Kamel zwischen Berlin und München unterwegs, und wenn wir da so durch diese unendliche Wüste reiten, uns die staubtrockenen Sandstürme Tränen in die Augen treiben, während über uns in der gleißenden Sonne die Geier kreisen und unsere Zungen wie Schleifpapier am Gaumen kleben, schaut mein Kamel oft zu mir auf seinem Rücken und sagt: „Digger, Regen wäre jetzt geil, wallah." (Ja, mein Kamel ist eine Fachkraft mit Migrationshintergrund und wir arbeiten sehr gut und vertrauensvoll zusammen. Ich hoffe, das entledigt mich eines jeden Verdachts, nicht offen für Vielfalt und Kunterbuntheit zu sein!?)

Noch nie, wirklich noch nie, hat mein Kamel auf der Höhe von Leipzig, dort sind die Sanddünen übrigens am höchsten, zu mir gesagt: „Alda, setz irgendwas auf die Agenda, sonst Kamel-Messer!" Also ich hoffe, liebe Frau Lemke, dass mein Alltags-Bericht aus der unmittelbaren deutschen Realität ihnen irgendwie weiterhilft.

Sagt, wer mag das Zwerglein sein …

Es war einmal ein grünes Zwergelein, das lief in eine Küche rein. Geistig war sie eher mau – okay, sagen wir es offen, sie war nicht schlau. So schälte sie Gurken, völlig ungestört, wie es sich für eine Grüne gehört.

Doch die Eltern waren gar nicht froh und sagten: „Mädel, das geht doch nicht weiter so!“ Nur studieren war nicht so ihr Ding, deswegen ging sie in die Politik, da war sie King. Nur wählen wollte sie wirklich keine Sau, denn der Wähler im Osten, der ist schlau. Mit 3,1 Prozent im Wahlkreis zog sie trotzdem in den Bundestag ein?!

Bitte fragt mich jetzt nicht: „Wie kann das denn sein?“ Dort reißt sie täglich ihre Fresse auf – ohne jegliche Substanz dahinter. Gott im Himmel, hoffentlich hat diese Frau keine Kinder. Nun sagt mir, liebe Mit-Genervte, wie wohl der Name dieser Dame ist? Moment, ich greife kurz zu einer List. Ihr Name hat geschichtliches Gewicht. Und ob ihr es glaubt oder nicht, er passt zu ihr.

Eine Innenministerin wie eine Naturkatastrophe

Während Erich Mielke angeblich Witze über sich sammelte, versuchte die Ampel-Ministerin Nancy Faeser, das erste Mal in der Geschichte der Bundesrepublik, einen Journalisten für das Erstellen einer satirischen Fotomontage ins Gefängnis zu bringen. Sieben Monate auf Bewährung lautete das Urteil in erster Instanz.

Sprich, in Deutschland laufen zwar Gewaltverbrecher aus nicht nachvollziehbaren Gründen frei rum, die dann auch mal mit dem Ruf „Allahu Akbar“ zu Mördern werden, aber ein Journalist, der ein Bild gebastelt hat, auf dem Nancy Faeser ein Schild mit der Aufschrift „Ich hasse Meinungsfreiheit“ in Händen hält, soll mit dem Entzug seiner Freiheit bestraft werden. Was meines Erachtens die Fotomontage sogar bestätigt. Denn eine glühende Demokratin, die unser Grundgesetz über alles stellt, würde sicher niemals so handeln.

Warum, Frau Faeser? Was zur Hölle hat Sie zu einem solchen Menschen werden lassen? Immer wieder wird gepredigt, dass wir mehr Frauen in der Politik haben müssten, dann würde alles besser, gerechter und anständiger werden. Ich glaube inzwischen: nein! Nach einer Regierung mit Annalena Baerbock, Lisa Paus, Christine Lambrecht und Ihnen bin ich eher der Meinung, dass wir gar keine Frauen mehr in Machtpositionen haben sollten. Zumindest auf gar keinen Fall solche.

Mir scheint es eher so, dass das Vertrauen in Frauen komplett zerstört werden soll und dass man deswegen die Ungeeignetsten, die man finden kann, in hohe Positionen hievt. Wahrscheinlich ist das ein perfider Plan von Männern. Die Ampel wird in die Geschichte eingehen als die Regierung mit der ersten weiblichen Innen- und Außenministerin, und man muss sagen: Sie haben beide so katastrophal abgeliefert, dass man dieses Experiment nur als komplett gescheitert beurteilen kann.

Sie haben das erste Mal in der Geschichte der Bundesrepublikanischen versucht, mit Compact ein journalistisches Medium zu verbieten, und jetzt wollen Sie das erste Mal in der Geschichte einen Journalisten ins Gefängnis bringen. Sie möchten einem Menschen die Freiheit rauben, der ein satirisches Meme über Sie gemacht hat. Weil Sie nicht ertragen können, dass man über Sie lacht, wie alle zutiefst unsicheren Menschen. Dazu haben Sie mit Arno Schönbohm einen unbescholtenen Beamten aus dem Amt gemobbt, weil Sie auf den Unsinn eines Satirikers reingefallen sind, der Ihnen gefällt. Weil Sie es durchaus mögen, wenn über andere Witze gemacht wird.

Und das von einer Frau, die noch nie auch nur in der Nähe eines Direktmandates war und bei der letzten Landtagswahl in Hessen kläglich versagt hat. Das ist alles, was von Ihnen übrig bleiben wird, Frau Faeser. Versagerin an der Wahlurne, feige Mobberin und Bekämpferin der Demokratie. Was für eine jämmerliche Bilanz. Das hätte ein Opossum besser hinbekommen.

Ein Toastbrot auf Reisen

Wussten Sie schon, dass Klima komplett out ist? Selbst die Ober-Klimatante Greta Thunberg macht jetzt was anderes. Was genau, ist mir noch nicht so ganz klar, aber ich glaube, man kann sie jetzt aktivismustechnisch beliebig buchen. Hab schon überlegt, ob ich mit ihr mal über meine Armut oder meinen Fußpilz spreche. FFFF, Fridays for Fuzzis Fußpilz.

Gut, das war jetzt wahrscheinlich mehr Info, als Sie hören wollten und ich preisgeben sollte. Nun ja, neulich war Greta also auf einem Segeltörn und wollte tonnenweise Hilfsgüter in den blockierten Gaza-Streifen schippern … okay, nicht wirklich tonnenweise, dafür war das Boot zu klein, aber zumindest wollte die verwirrte Aktivisten-Truppe Hilfsgüter vorbeibringen.

Na ja, vielleicht ist HilfsGÜTER auch ein wenig übertrieben, aber zumindest hatten sie zwei Packungen Toastbrot und zwei Aspirin dabei. Und die Aspirin waren sogar noch nicht mal abgelaufen. Anfangs hatten sie sogar drei Packungen Toastbrot für die hungernden Menschen in Gaza an Bord, aber Greta hatte Hunger. (Haben Sie die übrigens mal gesehen in letzter Zeit? Also, der scheint es zu schmecken, trotz all der Krisen. Ein Wunder, dass auch nur eine Scheibe Toastbrot Gaza fast erreicht hätte.)

Das israelische Militär hat zwar schon weit im Vorfeld klargemacht, dass eher die Glatze von Fritze Merz zuwächst, als dass auch nur ein Krümel Toastbrot Gaza erreichen wird, aber das hält doch Greta nicht auf. Schließlich müssen die Fotos ja gemacht werden. Und wissen Sie, wie die Israelis Gretas Toastbrot-Nussschale genannt haben? „Selfie-Jacht"! Und das ist sowas von despektierlich und irgendwie auch gesichert anti-greta-extrem, dass es mir echt den Atem raubt! „Selfie-Jacht"! Was für eine Frechheit! Und auch völlig falsch. Schließlich kann ich bestätigen, dass auch Gruppenfotos von professionellen Fotografen gemacht wurden, und zwar nicht wenige. Habe ich mit eigenen Augen gesehen!

Also, auch wenn nicht viel Toast angekommen wäre, an Fotos hätte für die Notleidenden keinerlei Mangel geherrscht. Das Ganze müsste man symbolisch sehen, hat dann jemand gesagt, beim Aktivismus geht es ja hauptsächlich darum, Themen „auf die Agenda" und „ins Gespräch" zu bringen! Okay, das ist zu 100 Prozent gelungen. Lange wurde nicht mehr so viel über Greta gesprochen wie im Rahmen dieser komplett hirnverbrannten Sinnlos-Aktion.

Aber macht Greta dann jetzt Greta-Aktivismus? Und ginge das nicht irgendwie unaufwändiger? Okay, OnlyFans fällt nach Genuss des ganzen Toastbrots wirklich komplett aus. Aber sie könnte doch einfach irgendwo auf einem Marktplatz rumschreien? So wie früher. Die Israelis haben sie dann schnell wieder ausgeflogen (wer zahlt in solchen Situationen eigentlich die Flugtickets und was geschieht mit dem Boot, ganz zu schweigen von dem Toastbrot?), die Aktivisten aber dazu eingeladen, sich ein Video mit den Taten der Hamas am 7. Oktober 2023 anzuschauen, was alle Aktivisten konsequent abgelehnt haben.

Was ich so richtig und wichtig finde! Denn was denken Sie, was schon ein kleines bisschen Realität in so einem verdrehten Aktivisten-Köpfchen anrichten könnte. Da geht ja die ganze Schwarz-Weiß-Ideologie flöten, und im schlimmsten Fall wird einem bewusst, was für ein bescheuerter, ungebildeter, einseitiger Zellhaufen man doch ist. Das kann ja auch niemand wollen.

4. Woke: Faschismus für Faule

Die woken Horden nennen sich ja auch gerne „Antifa“, wobei ich mich frage, wie man das tun kann, wenn man doch selbst der Faschist ist? Müsste es nicht eigentlich „Profa“ heißen? Auf jeden Fall ist der woke Mensch ja auch jemand, der sich moralisch und charakterlich ÜBER den meisten Menschen fühlt.

Nur, auf welcher Basis? Dieses Gefühl der Übermenschlichkeit wird ja nicht an Lebensleistung, Abschlüssen oder irgendwelchen zählbaren Erfolgen festgemacht, sondern ausschließlich daran, wie woke, queer oder non-binär man ist. Nicht das Erreichte zählt, sondern das Erzählte reicht. Jeder, der bereit ist, die blöden Parolen nachzubrüllen, kann dazugehören. Nicht mal der Nasenring oder der Deppen-Pony ist verpflichtend.

Also, früher hat sich der Übermensch schon ein wenig mehr bemüht. Das ist heutzutage wahrlich Faschismus für Faule. Und kriegstüchtig kriegt man die auch nicht.

Wenn der Schleier fällt ...

Sorglos zu vertrauen und zu glauben ist eine wunderbare Sache. Und ich befürchte, das erklärt auch die „verschlossenen“ Augen vieler Menschen. Das Leben wird unbequem, wenn man selbst unbequem wird, und eigentlich sind wir doch nur auf dieser Welt, um unsere kurze Lebenszeit möglichst glücklich zu verbringen.

46 Jahre lang war mein Leben recht einfach und musste sich maximal mit persönlichen Krisen beschäftigen. Dann bin ich das erste Mal voller unguter Gefühle in ein Land gereist, das man mir ein Leben

lang als „Schurkenstaat“ eingeimpft hatte. Und nur Stunden nach meiner Ankunft im wunderschönen St. Petersburg lüftete sich der Schleier das erste Mal ein kleines bisschen.

Das war der Beginn eines sehr viel unbequemeren Lebens. Unbequem für mich. Nicht, weil ich irgendeine ultimative Wahrheit gefunden hatte, sondern weil in mir plötzlich ein unangenehmes Störgefühl wütete. Und dieses Störgefühl geht nie wieder weg, wenn es einmal aufgewacht ist. Ich halte diesen Zustand für das echte wahre gute Woke-Sein!

Man schaut hin und man spricht darüber, wenn sich etwas ungerecht und menschenverachtend anfühlt. Man zeigt mit dem Finger auf totalitäre Strukturen und man benennt die Realität. So, wie man sie empfindet und selbst erlebt. Lichtjahre entfernt von der Tagesschau oder jeglichen Medien. Das war übrigens ursprünglich auch mal gemeint mit „woke“. Laut Duden bedeutet *woke*: „in hohem Maß politisch wach und engagiert gegen (insbesondere rassistische, sexistische, soziale) Diskriminierung“.

Und niemand wird verneinen, dass diese Wokeness, diese Wachsamkeit eine gute Sache ist. Eigentlich. Aber wie unzählige Male zuvor, wurde eine gute Sache von weniger guten Menschen instrumentalisiert und verdorben. Und heute will ich alles sein – außer woke. Nur wie nenne ich das, wie ich sein will? „So-dass-Grüne-dich-hassen“ ist einfach nicht besonders griffig.

Ich alter weißer Mann

Der Mensch strebt ja extrem danach, sich von anderen Menschen abzuheben. Das liegt in unserer Natur, war schon immer so und wird sich auch niemals ändern.

Deswegen sind auch alle Ideologien, die darauf abzielen, die Menschen möglichst „gleich“ zu machen, von vornherein zum Scheitern verurteilt, weil sie im Endeffekt auch nur bedeuten, dass ein paar Menschen, die sich unbedingt abheben wollen, eine Zeit lang Millionen Dumme finden, die den Scheiß mitmachen.

Aber noch viel problematischer ist es natürlich, wenn sich eine Gruppe für „Übermenschen“ hält. Das führt dann doch bisweilen zu historischen Verwerfungen, vor denen man nur ausdrücklich warnen kann. Es geht auch immer damit einher, dass der „Übermensch“ eine bessere Welt schaffen oder sie am besten gleich retten möchte.

Umso suspekter sind mir aktuell diese woken Horden, die ja nicht nur die Welt vor dem Klimatod retten, sondern auch ein so achtsames und respektvolles Miteinander schaffen, dass sie mich mühelos und sehr liebevoll „alter weißer Mann“ nennen können. Leider ist die kognitive Blockade in den unterentwickelten Oberschlundganglien der woken Brüder*innen und Schwester*ensen zu ausgeprägt, um die abgrundtiefe Doppelmoral in ihrem Tun und Sein zu erkennen.

Toleranz in woken Zeiten

Der Gutmensch ist ja tolerant. Er toleriert schlichtweg alles. Flüchtlinge, es sein denn, es soll ein Asylantenheim in der Nachbarschaft gebaut werden. Homosexualität, also zumindest außerhalb des engsten Familienkreises. Und Andersdenkende, zumindest solange sie nicht anders denken. Der tolerante Mensch ist der größte Heuchler, den man sich vorstellen kann.

Ich habe viele Jahre lang Reality-Fernsehen produziert. Wissen Sie, wie viel es kostet, Toleranz innerhalb von Sekunden hinwegzufegen? Genau eine Lüge.

„Mensch Herbert, weißt du, was ich an dir ganz besonders schätze? Dass du eine starke eigene Meinung hast und dennoch andere Meinungen tolerieren kannst. Aber eins muss ich dir anvertrauen, Chantal im anderen Gästeraum hat gerade über dich gesagt …"

Es funktionierte IMMER! Herbert ging sofort auf die Zinne, war plötzlich so tolerant wie der Kommandeur eines Killer-Kommandos und fiel besagte Chantal dann in der Sendung an wie ein Pit-Pull auf Wodka Bull. Aber natürlich hatte ich Chantal vorbereitet. Denn ich war vielleicht ein moralisch flexibler Schuft, aber ein gerechter Schuft.

Also hüten Sie sich vor „toleranten" Menschen, denn in der Regel sind sie genau das Gegenteil. In Berlin laufen tonnenweise Menschen rum, die sich als mega tolerant bezeichnen und ihre Toleranz schließt schier alles mit ein. Selbstverständlich sind „Refugees welcome", denn wir haben ja Platz, sie kämpfen für LGBTQ+-42 (denn 42 ist die Antwort für alles) und setzen sich für Frauenrechte ein. Sie kämpfen gegen „Asian rascism" (ein Sachverhalt, den die Gutmenschen erst erfinden mussten, um dafür kämpfen zu können. Die meisten Asiaten hierzulande wissen nicht mal was gemeint ist), sie sind Feministin*innen wie außen und natürlich Anti alles. Also Anti Fa, Anti Rassismus, Anti Diskriminierung, Anti Transpiration und wahrscheinlich auch Anti Zyklisch.

Aber wehe, du sagst zu ihnen: „Die AfD ist eine demokratische Partei", dann haben sie nicht das geringste Problem damit, dir einen qualvollen Tod zu wünschen. Nein, Toleranz ist etwas sehr Hässliches, für innerlich sehr hässliche Menschen, denn mit dieser Toleranz geht ein Übermenschentum einher, das die Gutmenschen nicht mal im Ansatz begreifen. Guck mal, ich bin so toll, ich stehe so weit über dir, dass ich sogar DICH toleriere!

Dabei wäre doch der menschliche und richtige Ansatz Akzeptanz!? Man akzeptiert andere so, wie sie sind. Denn nur so gehen Menschen auf Augenhöhe miteinander um.

Und Sie, sind Sie auch so tolerant? Ich bin ja wahnsinnig tolerant. Okay, außer es tickt jemand anders als ich, das geht mir dann schon auf den Sack. Aber ansonsten bin ich total tolerant. So lange jemand exakt dieselbe Meinung hat wie ich, kann ich absolut jeden tolerieren.

Aber schon bei geringen Abweichungen wird's schwierig. Und wenn jemand eine völlig andere Meinung hat, melde ich das schon mal der einschlägigen Meldestelle. Anonym natürlich, da bin ich ganz Demokrat. Ansonsten bin ich tolerant … gut, neulich hat mich jemand angegendert, dem hab ich dann heimlich einen Joghurt ins Lastenrad gekippt.

Ich meine, schließlich hat auch der toleranteste Mensch seine Grenzen. Und ich bin der toleranteste Mensch. Toleranter sind echt wenige. Nein, Toleranz ist wichtig. Schon allein, weil das Gegenteil gesellschaftlich so einen schlechten Ruf hat. Und mit so vielen anonymen Meldestellen fällt es ja auch vielleicht leichter, so zu tun, als ob man tolerant wäre.

Alles Nazis außer Mutti

Nach nachhaltiger Lektüre einiger Medien … was sage ich, eigentlich eher von Omas gegen Rechts, gefangen in Körpern namens Medien – habe ich jetzt endlich die Formel gefunden für einen Weg zurück zu einer glücklichen geeinten Gesellschaft. Wir müssen zwei Dinge abschaffen: Leistung und Männer!

Alles Unglück dieser Welt wird von diesen beiden Faktoren verursacht. Es fängt ja schon in der Schule an, mit diesen schlimmen Noten, und geht dann immer weiter. Im Sport zählen Ergebnisse, im Beruf bestimmt der Chef ... immer will jemand Leistung sehen, bevor er dir Geld gibt.

Das muss endlich aufhören! Wir sollten uns nur noch mit Achtsamkeit und veganen Calamari beschäftigen. Hin und wieder ein Liedchen auf der Gitarre spielen, die wir uns natürlich selbst und ohne Druck beigebracht haben, deswegen klingt es auch beschissen, und ansonsten nur entspannen und Männer hassen.

Deswegen müssen natürlich nicht alle Männer von der Erde getilgt werden. Gott behüte. Nein, mit Hormonen und Skalpell kann man da ja schon sehr viel machen, und wem das jetzt zu radikal ist, den enteiert man halt irgendwie anders. Hauptsache, die Welt wird zukünftig von Baerbocks und Strack-Zimmermanns bestimmt.

Nur wie das dann mit der Kriegstüchtigkeit klappen soll, weiß ich noch nicht genau.

Dinge, die ich nie verstehen werde

Laufen Sie auch gerne stundenlang nackt durch vollbesetzte Umkleidekabinen? Speziell durch gemischte? Wobei das seit dem Selbstbestimmungsgesetz ja sowieso Schall und Rauch ist. Heutzutage ist ja quasi jede Umkleide gemischt.

Was für ein Segen für die Menschheit, oder? Was für ein Fortschritt, was für eine positive Entwicklung! Okay, wir dachten zwar eigentlich, dass wir 2025 vielleicht Krebs heilen können oder dass Kriege nicht mehr vorstellbar sind, aber dass ein paar Kerle in Frauenkleidern die Selbstbestimmung von 40 Millionen Frauen mit Füßen treten dürfen, ist ja auch eine schöne Entwicklung.

Aber zurück zu den Nackerten im Gym. Ist es nicht ein natürlicher Instinkt, sich zeitnah zu bedecken? Oder fühlt es sich für Sie nicht seltsam an, pimmelwedelnd zwanglos Konversation zu betreiben? Oder ist das eine Unart, die nur kapitale Fleischpenisse verstehen? Ich habe einmal einen Herrn dabei beobachtet, wie er sich obenrum komplett angezogen hat. Also Hemd, Weste, Sakko und Krawatte, aber untenrum weiter frei schwingen ließ. Und es waren Kinder in der Umkleide anwesend.

Na ja, vielleicht war er Sexualkundelehrer ... oder katholischer Geistlicher ... verstehen werde ich es trotzdem nie.

Sehet die Idioten-Zeichen!

Früher sagte man: „Guck mal, da kommen schon wieder die pseudo-intellektuellen Trottel, die nix drauf haben außer Zahnbelag und die so komisch riechen." Heute sagt man: Correctiv. Und das schätze ich sehr.

Alles ist so viel leichter geworden. Früher musste man sich immer erst mal ein paar Sätze lang unterhalten, bis man wusste: Alles klar, wieder einer, der dir das Leben erklärt, daheim aber die Müsli-Packung nicht aufbekommt.

Heute sieht man es gleich. Die Bauschutz-Maske unter den ängstlich flackernden Augen verrät sie. Oder wenn sie sich auf der Party vorstellt mit: „Hallo, ich bin Dörte Dinkel und meine Pronomen sind they/them."

Dann kann man freundlich antworten: „Aber liebe Dörte, mit den Pronomen bist du doch viel mehr als nur ein Dinkel, du bist ein ganzes Brot." Und ihre kurze Verwirrung zur Flucht nutzen.

Problem-Pony, Omas-gegen-Rechts-Sticker, Gendersprache … heute gibt es so klare Signale für die galoppierende Idiotie, dass man viel Zeit spart. Früher hat man sich oft stundenlang unterhalten, bis sie plötzlich sagte: „Ach, ich freue mich so auf Prag. Ich war nämlich noch nie in Polen." Und man wusste, man hatte in der Hoffnung auf Geschlechtsverkehr mal wieder auf das falsche Pferd*in gesetzt. Denn die Legende sagt zwar: Dumm fickt gut. Aber bitte nicht mit mir.

Hamburg will Blut sehen!?

Die Grünen in Hamburg haben das Thema Menstruation in den Koalitionsvertrag schreiben lassen, und ich sehe echt langsam rot! „Der rotgrüne Senat möge sich um die Enttabuisierung der Menstruation kümmern." Nun werden mir alle Damen nicht zu Unrecht zurufen: „Halt die Klappe, alter Mann." Schließlich spricht hier ein Blinder von der Farbe Rot.

Ja, ja, das ist schon richtig, ich kann nicht nachempfinden, wie belastend dieses Thema sein kann, da meine Menstruation schon immer völlig störungsfrei funktioniert hat, aber ich weiß eines: An der Menstruation wird recht selten gestorben, während im Jahr 2023 depressive Episoden 1124 Menschenleben gekostet haben, 69 445 Menschen wegen psychischer Störungen verstarben und dazu noch etwa 10 300 Menschen sich das Leben genommen haben.

Diese Zahlen sind weit höher als die Opferzahlen durch Drogen oder Verkehrsunfälle, aber wir reden über die „Enttabuisierung der monatlichen Regelblutung"? Das ist ein Faustschlag ins Gesicht des gesunden Menschenverstandes und eine Verweigerung der Realität, die mich echt rotsehen lässt. Aber das sagte ich ja schon.

Warum fällt mir jetzt dieser Witz ein: „Was ist erst grün, dann rot? Ein Frosch im Mixer." Na super, Textende mal wieder infantil vergeigt. Diese grünen Themen tun mir nicht gut.

Was für eine gemeine Petition

Innerhalb weniger Tage sind bei einer Petition mehr als 15 000 Unterschriften für spezielle Frauenabteile im Berliner Nahverkehr zusammengekommen, da frau in Berlin sich von „übergriffigen Männern" abkapseln will. Und dazu kann ich nur sagen: „Geht's noch?"

Wie rief eines Tages die engagierte Meisterköchin so richtig in die aufgepeitschten Massen: „Unsere Welt wird bunter werden und ja, ich freu mich drauf." (Übrigens wurde ich gerade belehrt, dass sie wohl doch keine Meisterköchin war, sondern eher eine ungelernte Küchenhilfe. Aber hey, so what? Wenigstens hat sie 2025 bei der Bundestagswahl ihren Wahlkreis mit der krachenden Mehrheit von 3,1 Prozent gewonnen. Okay, von hinten. Aber gewonnen ist gewonnen!)

Also, jetzt ist unsere Welt bunter geworden und den Berliner Mädels ist es auch wieder nicht recht? Das finde ich über alle Maßen unanständig und ausgrenzend. Ich dachte, genau deswegen wählt ihr linksgrün? Um den Feminismus endgültig zu beenden? Um dafür zu sorgen, dass Frauen nirgendwo mehr sicher sind? Um eben genau diese Übergriffigkeit zu erhalten, von Männern, die in Kulturkreisen großgezogen wurden, in denen Frauen vielleicht gerade mal allein darüber entscheiden dürfen, ob sie heute das schwarze oder das ganz schwarze Kopftuch umbinden?

Und diese bunte, wunderbare neue Welt, wollt ihr jetzt aus euren U-Bahn-Abteilen verbannen? Wisst ihr was? Dann möchte ich bitte auch ein eigenes Abteil.

Ein Emo namens Nemo

Neulich war wieder der ESC. Dieser wunderbare Weltkrieg, nur halt mit Singen statt Waffen. Dafür nicht weniger politisch. Diesmal im schönen Basel, und zwar deswegen, weil 2024 das non-binäre Schweizer ESC-Ens namens Nemo, Stolz einer Nation, den Sieg davongetragen hat.

Gott sei Dank ist ihm noch rechtzeitig eingefallen, dass er non-binär ist, wer weiß, wie es sonst ausgegangen wäre. Sicher hatte die Idee seine Freundin, mit der er seit Jahren in Berlin zusammenlebt. Nemo war dann als amtierender Titelträger natürlich auch 2025 außer Konkurrenz dabei und trug ein Outfit, das so schön war, dass sich der eine oder andere Landsmann vor lauter Freude brüllend übergeben hat.

Am besten googeln sie einfach „Nemo ESC 2025", denn das Outfit ist schwer zu beschreiben, ohne danach über Jahre in Therapie zu müssen, wegen eines nachhaltigen Traumas. Am ehesten könnte man es als nicht blickdichte schwarze Ganzkörper-Strumpfhose bezeichnen, natürlich mit rot-schwarzer Synthetik-Perücke. Was Mann halt heut so trägt, wenn man sich nachhaltig und für immer vom Geschlechtsverkehr abgewendet hat.

In diesem Albtraum von Design-Verbrechen wälzte sich Nemo dann brüllend über den Bühnenboden, nicht, ohne sich irgendwann tränennass seinen Synthetik-Fiffi vom Kopf zu reißen und hinter sich zu schmeißen. Natürlich in Reichweite, weil, was unter dem Synthetik-Schrecken zum Vorschein kam, war nur bedingt kameratauglich und der spärlich bekleidete Nemo musste doch später noch dem Sieger mit der Eunuchenstimme den Siegespokal weiterreichen.

Aber dieser stolze Schweizer war nicht nur der schönste … äh … Ens an diesem Abend, nein, er hatte auch eine wichtige herzenswarme Botschaft für die Welt! Und zwar, dass die israelische Interpretin, die am 7. Oktober nur haarscharf das Massaker der Hamas überlebt hatte und am Ende den zweiten Platz belegte, aus dem Wettbewerb gekickt werden sollte.

Gut, hätte das jetzt irgendein mittelalter weißer Mann, ohne Synthetik-Toupet und vollkommen angezogen, von sich gegeben, kann ich mir ungefähr vorstellen, was ihm entgegengeschleudert worden wäre. (Es fängt mit N an und hört mit …adsi auf.) Aber als non-binäres Geschmacksverbrechen an der Menschlichkeit hat man wahrscheinlich ein paar mehr Freiheiten.

Schon lustig, wenn sich Menschen weltpolitisch äußern, die immer wirken, als ob selbst die Benutzung einer Klobrille für sie lebensgefährlich werden könnte. Aber nun ja, ich hoffe, Nemo findet sich … auch weiterhin gut zurecht. Gott, was muss die Schweiz stolz sein auf diesen Mann.

Sag nicht Wallah zu mir!

Neulich habe ich im Gym einen Teenager sagen hören: „Da habe ich nur die Wahl zwischen Pest und Cholera." Ich hätte weinen können vor Freude. Denn ich habe auch schon einen seiner Altersgenossen 17 Mal in einer Minute das Wort „Digga" sagen hören.

Warum sprechen junge Leute heutzutage so, als hätten sie gleich bei Geburt eine Lobotomie erhalten? Digga, Alda, Wallah … eure Sprache ist eure Visitenkarte. Eure Ausdrucksweise definiert eure Persönlichkeit. Wenn ich einen jungen Menschen reden höre, als ob seine Blutzufuhr zum Gehirn blockiert ist, weiß ich, dass sich jedes weitere Gespräch erübrigt. Meistens schreit er dann ja doch nur irgendwann: „Alerta, Alerta, meine Eltern sind Geschwister“ und fängt hinter seiner FFP2-Maske zu weinen an.

Ich weiß, ich bin nur ein alter weißer Mann und eure Vorbilder sind eher Ricarda Lang, Annalena Baerbock oder Robert Selbstzweck. Aber täuschen Sie sich nicht. Auch wenn wir bis 2025 das zweitgrößte Parlament der Welt hinter China hatten (jetzt sind wir auf Platz sieben abgerutscht!), sind die hoch bezahlten Plätze im Bundestag begrenzt und nur die absolut Dümmsten und Rückgratlosesten schaffen es bis dahin.

Im echten Leben zählt nur das Erreichte. Das Erzählte reicht nicht! Also bitte lernt sprechen, Habibis.

Meine woke Tochter

Ja, meine Tochter ist woke, färbt sich oft die Haare, neigt zum Problempony und studiert gerne. Okay, ich weiß, was Sie jetzt denken. Wie konnte das nur passieren? Aber manchmal verliert man halt und manchmal gewinnen einfach die falschen Gene.

Aber es ist auch nicht uninteressant. Schließlich kann ich so viele atypische Verhaltensweisen aus allernächster Nähe beobachten. So nimmt sie zum Beispiel sehr gerne mein Geld, was ein Phänomen ist für mich, weil eigentlich macht sie alles, was mit mir zu tun hat, rasend. Mein Humor, meine Art, meine Einstellung ... nur mein Geld nicht.

Das kann sie gerade so akzeptieren. Wobei ich das ja mit all dem verdiene, was sie verachtet. Einmal hat sie mich angerufen und mir gesagt, dass sie ein Abitur-Camp machen möchte. Ich war sehr angetan, bis ich erfahren habe, dass das 1000 Euro kosten soll, weil es nämlich in einem Luxushotel stattfindet.

Nachdem ich ein paar Witze über Mathevertiefung im Whirlpool und Latein zwischen zwei Saunagängen gemacht hatte, wurde ihr klar, dass ich mir selbst lieber einen Problem-Pony schneiden würde, als so einen dekadenten Mist zu bezahlen, hat sie grußlos aufgelegt und ein Jahr nicht mit mir gesprochen. Bezahlt hat es dann die Oma.

Verstehen Sie mich bitte nicht falsch, wenn es um Nutten und Koks geht, bin ich wirklich großzügig, aber den Rest meines Geldes möchte ich schon gerne selbst verprassen. Na ja, vielleicht wird sie ja mal die beste weibliche deutsche Außenministerin aller Zeiten. Die Latte liegt ja wahrlich nicht hoch.

Die woken unsicheren Spießer

Das Schrecklichste an der woken Plage ist ihre absolute Humorlosigkeit. Natürlich können sie sehr wohl lachen, aber nun mal auf gar keinen Fall über sich selbst. Ein Umstand, der immer mangelndem Selbstbewusstsein und fehlender Selbstreflexion entspringt.

Wenn du dir deiner sicher bist, bringen dich auch keine Scherze auf deine Kosten aus der Balance. Im Gegenteil, du machst sie eher selbst. Selbstironie oder die Fähigkeit, über sich selbst lachen zu können, war für mich immer ein Zeichen von Stärke und Gelassenheit.

Neulich erzählte ich meiner woken Tochter, dass mein Vater immer zu mir gesagt hatte: „Sohn, wir können nicht mit allen Frauen auf dieser Welt schlafen, aber wir können es versuchen.“ Ihr Gesicht hätten Sie sehen sollen. Ich setzte noch einen drauf und sagte: „Natürlich sprechen wir hier von konsensuellem Sex unter Erwachsenen!“ Dann hat sie den Raum verlassen.

Eine degenerierte und belächelte Nation

An der FH Bielefeld gibt es bald eine „Professur für Gender-Gerechtigkeit in der Angewandten Mathematik“. Diese Professur wird mit 450 000 Euro vom Staat gefördert. Also von uns Fuzzis, denn wir finanzieren den Staat ja mit unseren Steuern.

Ich weiß nicht, wie es Ihnen geht, aber ich möchte das nicht. In einer Zeit, in der in Deutschland Brücken zusammenbrechen und Rentner Flaschen sammeln müssen, sind das für mich einfach die völlig falschen Prioritäten. Und ich glaube auch nicht, dass Deutschland in den letzten Jahren wegen der Schuldenbremse kaputtgespart wurde, sondern ich bin viel eher der Meinung, dass unsere herrschende Kaste einfach nicht mit Geld umgehen kann und völlig falsche Prioritäten setzt.

Ich möchte nun wirklich nicht schon wieder die Radwege in Peru zitieren, aber was bringt die ganze Entwicklungshilfe der letzten Jahre? Angeblich soll sie ja unsere Beziehungen zu anderen Ländern verbessern und unserer Wirtschaft nutzen. Nur, warum geht es uns dann wirtschaftlich so beschissen, obwohl wir in den letzten Jahrzehnten Milliarden ins Ausland gepumpt haben?

2023 war ich auf Kuba. Ich möchte mir gar nicht vorstellen, wie die Menschen mich dort angeschaut hätten, wenn ich sie nach gendergerechter Mathematik gefragt hätte. Die wussten dort nicht mal, dass es mehr als zwei Geschlechter gibt. Wir sind eine zutiefst degenerierte Gesellschaft, die ein Level der Idiotie erreicht hat, welches bewirkt, dass wir weltweit nicht mehr konkurrenzfähig sind und immer mehr belächelt werden.

Komplimente sind patriarchalische Konstrukte

Neulich erzählte mir eine Mutter, dass ihre woke Tochter Komplimente strikt ablehnt, da sie Ausdruck einer „patriarchalischen Haltung“ seien. Ich bin dann erst mal schnell zu der Kleinen gefahren und hab sie ordentlich übers Knie gelegt … in Gedanken. (Gott, das war wahrscheinlich dieser rächtzradikale Patriarch in mir.)

Aber ist das ernsthaft Feminismus? Für mich alten weißen Mann ist das Ausdruck einer mäuschenhaften Unsicherheit. Ich bin mit einer sehr emanzipierten Mutter aufgewachsen. Aber das äußerte sich nicht in krankhaftem Quatsch-Verhalten, sondern darin, dass sie einfach die Hosen anhatte und bestimmte, wo es lang geht in der Familie. Hätte ich einmal ein Mädchen oder eine Frau respektlos behandelt, hätte sie mir zu Hause die Hölle auf Erden bereitet, und hätte ich es gewagt, im Stehen zu pinkeln, hätte sie mich danach wahrscheinlich das gesamte Bad auflecken lassen.

Die Feministin von heute wehrt sich gegen Komplimente, aber akzeptiert duckmäuserhaft, dass biologische Männer ihre Umkleiden und Toiletten erobern und dass sie im öffentlichen Raum um ihre Unversehrtheit fürchten muss. Kluge Frauen vergrößern den Unterschied zwischen den beiden Geschlechtern und versuchen ihn nicht zu verringern. Sie bringen ganz bewusst ihre weibliche Einzigartigkeit ins Spiel, um die Männer zu beherrschen. Und nein, damit meine ich nicht (nur) ihr Dekolleté, sondern ihre Empathie, ihr Gespür, ihren Geschmack und ihre soziale Intelligenz, die, sorry Penisgenossen, bei ihnen einfach ausgeprägter ist.

Ohne Selbstbewusstsein kann man nicht emanzipiert sein. Und wer Komplimente als Herabsetzung empfindet, kann nicht selbstbewusst sein, denn selbstbewusste Menschen machen auch selbst Komplimente, das beweist Größe und eine liebevolle Gesinnung. Mir scheint es wirklich so, als ob die aktuelle junge Generation oft einfach nicht besonders intelligent ist, zumindest nicht intelligent genug, um Begriffe wie woke oder eben Feminismus wirklich zu verstehen. Eine aggressive kämpferische Grundhaltung gegen Nettigkeit und alles Liebevolle ist exakt das Gegenteil von einem guten wertvollen Menschen.

Service-Tipp Dating

Mädels, wenn ihr „eher links“ in euer Dating-Profil schreibt, müsst ihr schon verdammt gut aussehen, um nach rechts gewischt zu werden. Denn dieses „eher links“ ist quasi eine selbsterfüllende Prophezeiung.

Wer dermaßen beschränkt ist, dass ens schon vor dem Erstkontakt seine politische Gesinnung ins Spiel bringt, wird nun mal eher nach links gewischt und bekommt kein Match. Außer mit non-binären transfemininen Lesben-Männern, denen Homosexualität zu analfixiert ist.

Das mag hart klingen, ist aber wirklich nur herzlich gemeint. Schließlich bin ich als glühender Feminist absolut daran interessiert, den Orgasmus-Gap zu schließen, nachdem uns das beim Salary-Gap schon nicht gelungen ist.

Service-Tipp Dating 2

Auch hässliche Babys, Landschaftsfotos oder die Holde verschwitzt und maximal unvorteilhaft am Gipfelkreuz sind eher kontrastreich. Ihr wollt uns sicher auch nicht sehen, wie wir uns gerade in eine Kloschüssel erbrechen.

Ich denke, Dating sollte man wie eine Bewerbung betrachten. Okay, nicht zwingend für eine Versicherung oder Bank, sondern eher für die Stelle eines Animateurs, aber man zeigt sich von seiner besten Seite. Vermeidet als Mann Bilder mit nacktem Oberkörper und als Frau von Füßen am Strand.

Sieben Bilder mit Sonnenbrille können man(n) übrigens so wütend machen, dass er danach die AfD wählt. Also überlegt euch das gut.

5. Immer diese Qualitätsjournalisten

Ich möchte ein Original-Interview aus Österreich wiedergeben, wo man über ähnlich gut ausgebildete Journalisten verfügt wie wir hierzulande. Merke, „Journalist“ ist kein geschützter Begriff. Jeder darf sich so nennen. Völlig egal, ob er zwischen den Ohren über ein Gehirn oder nur über eine alte feuchte Semmel verfügt.

Reporter: „Warum ist es denn so deutlich schwieriger und vor allem, was ich auch gelesen habe, sehr viel gefährlicher, bei Dunkelheit … äh … jemanden zu suchen, der bewaffnet ist, als bei Tageslicht?

Polizist: „Weil's finster ist.“

Und genau darum geht es im Journalismus. Man muss sich akribisch in Themen einlesen, denn nur dann kann man die richtigen Fragen stellen und dem Zuschauer oder Leser Infos übermitteln, auf die er von allein niemals gekommen wäre.

Eine der Goldfedern ihrer Zunft

Für die *BILD* schreibt eine junge Dame, die ich für absolut beispielhaft halte. Beispielhaft für einen Journalismus unter Schülerzeitungsniveau. Beispielhaft für eine neue „Qualität“ der schreibenden Zunft, die anscheinend direkt mit der „Qualität“ unserer aktuellen Politiker korreliert. Eigentlich wollte ich den Namen der jungen Dame gar nicht nennen, er ist sowieso austauschbar und nur ein Beispiel, aber sie finden ihn ja sowieso. Also, es geht um Mariella Mandurino. Er ist sowieso austauschbar und eben nur ein Beispiel. Im Januar 2025 schrieb diese Dame einen Meinungs-Artikel mit der Überschrift: „Das ist nicht mehr mein Deutschland", aus dem ich wie folgt zitieren möchte:

> *„Ich habe Angst vor einem Deutschland, das womöglich bald mit der AfD regiert wird. Ich habe Angst, dass die AfD noch mehr Anhänger findet. Der Asyl-Stopp wäre dann vielleicht nur der Anfang. Die größte Frage, die sich mir für die Zukunft stellt, ist: Was passiert mit den ausländischen Mitbürgern in diesem Land, mit meiner Familie?"*

Jetzt muss man wissen, dass sie mit „Familie" hauptsächlich ihren Vater meint, der 1988 aus Italien nach Deutschland kam, mit einer Deutschen verheiratet ist, hier Vater wurde und seit 1993 ein Restaurant in Deutschland hat. Und da ist die Angst dieser Qualitätsjournalistin natürlich mehr als verständlich. Denn es ist schließlich allgemein bekannt, dass die Sturmtruppen der AfD vorrangig EU-Ausländer ausweisen wollen, die mit Deutschen verheiratet sind und hier seit Jahrzehnten hart arbeiten und Steuern zahlen.

Aber unsere Qualitätsjournalistin wäre nicht eine der Goldfedern ihrer Zunft, wenn sie nicht noch mehr draufhätte. So schrieb sie weniger als drei Monate nach dem obigen Erguss wieder einen Meinungs-Artikel mit der Headline: „Ich habe Angst, in Berlin in die U-Bahn zu steigen" aus dem ich wie folgt zitiere:

> *„Ich habe schon lange Angst, wenn ich abends durch Berlin gehe. Ob Messerangriffe, Handgreiflichkeiten, Vergewaltigungen oder andere*

> *Straftaten, ich muss immer auf der Hut sein.*
> *Wenn ich abends in der Bahn sitze oder über die Straßen laufe, mache ich meine Kopfhörer nicht mehr ins Ohr. Denn was ist, wenn ich überhöre, dass mir jemand folgt oder sich für einen Angriff bereitmacht?*
> *Nachts fahre ich ausschließlich mit Taxi oder miete mir ein Auto. Lieber zahle ich Geld, als mein Leben zu gefährden."*

Und wissen Sie, vor was ich am meisten Angst habe? Vor unreflektierten Kinder-Tastatur-Aktivisten, die ihre eigenen Worte nicht verstehen.

Ideologie frisst Synapsen auf

Erinnern Sie sich noch an die Präsidentenwahl in Amerika 2025? Auf welcher Seite standen geschlossen die deutschen Qualitätsjournalisten? War nicht spätestens nach der vernichtenden Niederlage der irrlichterten demokratischen Kandidatin zu 100 Prozent klar, dass der Journalismus in der Bundesinsolvenz Impfland mausetot ist? Annalena würde sogar von 360 Prozent sprechen.

Was sagt das über unsere „Qualitätsjournalisten" aus, wenn sie mit ihren Prognosen meilenweit die Realität verfehlen? Wenn sie selbst die klarsten Anzeichen nicht deuten können? Wie die sehr kurze Wahlkampfzeit, die drastische Unbeliebtheit von Kamala Harris, ihre unterirdischen „Leistungen" als Vize-Präsidentin, den Attentats-Bonus von Donald Trump und so vieles mehr.

Sprechen unsere „Qualitätsjournalisten" keinerlei Englisch? Glauben sie einfach, was die komplett einseitige linke US-Presse schreibt, und kennen die konservativen US-Medien gar nicht? Halten sie den *ZDF*-Mann Elmar Theveßen, die größte Hybrisgurke, die je von einer Zwangsgebühr und einer Wärmepumpe gezeugt wurde, tatsächlich für einen neutralen sachlichen Journalisten, obwohl er Trump wiederholt als Faschisten bezeichnet und jahrelang Joe Biden als topfitte Geistesgröße gesehen hat? Selbst noch nach dem desaströsen TV-Duell gegen Trump.

Nein, man kann es drehen und wenden wie man möchte, journalistische Qualität kann man in Deutschland mit der Lupe suchen. Jahrzehntelang wurde nach Gesinnung und nicht nach Fähigkeit eingestellt, mit dem Ergebnis, dass die deutsche Journalisten-Landschaft flächenübergreifend auf Praktikanten-Niveau angekommen ist. Empörte Aktivistchen schreiben sich täglich den Frust über ihr unglückliches Leben von der Seele, bevor sie mit dem Lastenrad nach Hause fahren und von der Ehefrau mit blau-grünen Problempony veganen Leberkäse serviert bekommen.

Ins Bett geht es dann nur noch mit Jute-Kondomen, denn das ist wirklich nicht die Zeit, um Kinder in die Welt zu setzen! Hallo? Die Erde brennt schließlich! In Kalifornien hat der menschengemachte Klimawandel, in Form von menschlichen Brandstiftern, schon ganze Wälder entzündet.

Der Mann, nach dem ein Pfosten benannt wurde

Der gerade erwähnte Elmar ist ein atypischer öffentlich-verächtlicher Gebührenschänder, wie es sie in Legion gibt in den feudalen Tempeln der Propaganda-Macht von *ARD* & *ZDF*.

Selbstverständlich hatte Auf-Linie-Elmar niemals einen anderen Arbeitgeber als das *ZDF*. Das *ZDF* war sein erster Arbeitgeber nach dem Studium und wird auch sein letzter sein, bevor er sich mit einer fürstlichen Pension, bezahlt per von uns abgepresster Zwangsgebühr, in den absolut nicht verdienten Ruhestand zurückzieht.

Seit 2019 leitet Herr Theveßen das *ZDF*-Studio in Washington. Washington ist eine Stadt in Amerika. Das wusste ich zwar, aber in Zusammenhang mit Herrn Theveßen habe ich es dann doch lieber noch einmal nachgeschlagen. Aber tatsächlich, der *ZDF*-Elmar lebt wirklich seit 2019 auf unsere Kosten in den Vereinigten Staaten. Dafür ist er der Allgemeinheit so dankbar, dass er uns regelmäßig mit exklusiven Informationen auf dem Niveau von Oma Kasuppke aus dem Späti in der Warschauer Straße versorgt.

So ein Studio wie das von Elmar in Washington kostet Millionen. Dort sitzt ein Team, man fliegt viel hin und her, bekommt Auslandsspesen und so weiter. Solche Studios leistet sich das *ZDF* übrigens noch in 18 anderen Ländern. Von B wie Brüssel bis W wie Wien. Man hat es ja.

Und was bekommt der brave Zwangsgebühren-Zahler dafür? Zum Beispiel vom Elmar aus Washington? Unter anderem die Info, dass Joe Biden topfit und „sharp as a knife“ wäre und dass er die Wahl 2024 gegen Donald Trump noch höher gewinnen würde als 2020. Wenige Tage später schmisst dann der halb skelettierte, orientierungslose Sleepy Joe, der eigentlich unsere Anteilnahme und keine Elmars verdient hätte, hin und zog seine Präsidentschaft-Kandidatur zurück.

Aber der ungute Elmar ist nicht nur ein grottenschlechter Journalist, sondern auch extrem flexibel, darum hat er Joe einfach aus seiner Erinnerung gestrichen und schnell Kamala zur Erlöserin erklärt und ihr den Wahlsieg prophezeit, sogar nachdem sich bereits eine katastrophale Niederlage abzeichnete.

Ja, gäbe es den Begriff „schlecht gealtert" nicht, man müsste ihn für diesen hyperarroganten, maximal inkompetenten und skrupellosen Elmar erfinden. Seine fehlende Einsicht macht der ewige Journalismus-Praktikant nun dadurch publik, indem er den amtierenden US-Präsidenten täglich als Faschisten beschimpft, ohne zu verstehen, dass er selbst dieser Bezeichnung weit näher ist als der gewählte amerikanische Präsident.

Alles überzeugende Anzeichen dafür, dass der von uns hochbezahlte Elmar über weniger Hintergrundwissen und weniger Kontakte in die erste politische Reihe Amerikas verfügt als Oma Kasuppke.

Wann entschuldigen Sie, Herr Theveßen, sich endlich für all den Müll, den Sie in den letzten Jahren geredet haben? Kennen Sie eigentlich so etwas wie Einsicht oder Reflektion? Ich möchte nicht, dass ein nachweislich inkompetenter „Journalist" den amtierenden Präsidenten von Amerika beschimpft oder Wladimir Putin beleidigt.

Ich möchte nicht, dass ein Vollpfosten, der sein GESAMTES Berufsleben beim *ZDF* verbracht und den Horizont einer Stubenfliege hat, unser Ansehen in der Welt beschädigt. Herr Theveßen, Sie haben für Ihre Kompetenz wahrlich schon genug Geld von uns bekommen. Bitte gehen Sie in Rente!

Doch ich fürchte, wir werden sicher noch viel hören, sehen und lesen vom deutschen Joe Biden Elmar T. Denn eins ist sicher, der *ZDF*-Intendant wird sicher niemals einschreiten. Schließlich ist er froh und dankbar, jemand zu haben, der zuverlässig immer VOLLEN Einsatz fürs jeweilige Narrativ erbringt. Apropos voll, hatte ich erwähnt, dass ein Pfosten nach Elmar T. benannt wurde?

Ist das noch Journalismus oder kann das weg?

An all die Dunyas und Elmars da draußen: Schämt ihr euch eigentlich nicht? Schämt ihr euch nicht, mit euren Lügen, eurer Dummheit, eurer ideologischen Verblendung und eurer atemberaubenden Inkompetenz einen gesamten Berufsstand in Misskredit zu bringen? Ihr wundert euch, warum das Vertrauen in die deutschen Medien gegen Null tendiert und schwurbelt rum, dass dafür Putin, Elon Musk oder die AfD verantwortlich wären?

Sagt mal, habt ihr den Schuss nicht gehört? Ihr habt euch über Jahre dieses Misstrauen hart erarbeitet und erntet jetzt die Früchte. Ihr lügt, dass sich die Balken biegen, bleibt immer einseitig im Regieruns-Narrativ, sackt Zwangsgebühren, Steuergelder oder gleich Spenden von Bill Gates ein, betont aber immer eure totale Unabhängigkeit und Professionalität. AM ARSCH.

Für wie blöde haltet ihr eigentlich den Rest der Menschheit?

Die beste oder die allerbeste deutsche Journalistin?

Neulich fragte die Dame mit der Kim Jong-un-Frisur vom *ZDF* unsere neue Nancy, also Herrn Dobrindt, in einem Interview, wie er dem Zuschauer den Unterschied zwischen der im Jahr 2025 immerhin von 10,3 Millionen Wählern gewählten AfD und einer kleinen versprengten Reichsbürgergruppe erklären könne, die unsere neue Nancy Faeser, also Herr Dobrindt, gerade hatte Hopps nehmen lassen.

Unfairerweise erntete Frau Halali für diese Frage nur Belustigung von unserer neuen Nancy Faeser, also Herrn Dobrindt. Und so sehr ich Frau Dunya Halali für ihre sachliche und unvoreingenommene Arbeitsweise achte und schätze, Neu-Nancys Belustigung kann auch daran gelegen haben, dass die Bundesverdienstkreuz-Trägerin Dunya hier doch einen etwas unglücklichen Vergleich gewählt hat.

Gut, es liegt klar auf der Hand, eine von 10,3 Millionen Wählern gewählte demokratische Partei aus dem Bundestag mit einer Kleingruppe verwirrter Reichsbürger zu vergleichen. Aber müsste die Frage denn nicht viel eher lauten: Wo besteht der Unterschied zwischen der AfD, die eine Partei ist, und Ted Bundy, der ein verurteilter Serienmörder war? Oder wo sieht Herr Neu-Nancy den Unterschied zwischen der AfD, die eine gewählte Partei ist, und der Biene Maja, die eine Biene ist? Gut nur eine Zeichentrick-Biene, aber Biene ist Biene. (Transbienen sind ja auch Bienen.)

Ich bin mir gesichert sicherextrem, dass Frau Halali das Zeug zu noch mehreren Bundesverdienstkreuzen hat, wenn sie nur ein wenig an der sachlichen Sinnhaftigkeit ihrer intelligenten und neutralen Vergleiche arbeitet.

Die öffentlich-verächtlichen Gebührenschänder

Das Tollste an der Bundesinsolvenz Impfland sind ja bekanntlich die demokratisch per Zwangsgebühr finanzierten Schundfunkanstalten *ARD* & *ZDF*. Ersteres steht übrigens für Alles richtige Döspaddel und das Zweite für Zentrum der Folksverblödung. (Folk schreibt man in jeder guten Waldorf-Schule genauso!)

Ich habe für diese Herren und Damen produziert und selten arrogantere, langsamere und unkreativere Ansammlungen von Zellstrukturen getroffen als diese Schergen des linksgrünen Sonnengottes. Man findet dort hauptsächlich Anbeter des woken Wahnsinns, gerne mit jahrzehntelanger Betriebszugehörigkeit, weil sie genau wissen, dass sie mit ihren rudimentären Fähigkeiten im freien Markt innerhalb von Sekunden verglühen würden.

Einmal hatte ich ein Vorstellungsgespräch beim SWR, der mit Abstand schlechtesten Schundfunkanstalt des Landes. Unter den neun vorhandenen Anstalten liegt der SWR qualitativ auf Platz 14. Sie sehen also, welche Not Ihr geliebter Autor in seinem Leben schon durchmachen musste, dass er sich in einen solchen Höllenschlund begeben musste. An diesem Vorstellungsgespräch nahmen, außer Ihrer Heiligkeit, fünf weitere Personen teil: die Unterhaltungschefin, eine Personaldame, der Behinderten-Beauftragte, die Frauen-Beauftragte und der Betriebsrat.

Zu meiner Ehrenrettung kann ich sagen, dass ich bei diesem Gespräch mit Pauken und Trompeten durchgefallen bin, weil ich unter anderem die Frage „Was gefällt Ihnen am besten am SWR?“ nicht beantworten konnte und ich mich mit einen saftigen Behindertenwitz aus der Runde verabschiedet habe: Treffen sich ein Blinder und ein Einbeiniger. Sagt der Einbeinige: „Wenn du mich noch einmal ärgerst, trete ich dir in den Arsch!“ Antwortet der Blinde: „Das möchte ich sehen.“

Niemand will mündige Bürger

Ich kann die Forderungen nach Verboten von Medien, Einschränkungen der Plattformen und immer mehr Zensur einfach nicht mehr hören. Bewusste Desinformation und einfache Meinungsäußerungen sind doch sowieso kaum zu unterscheiden. Zensur schafft nur eine schrecklich unangenehme Welt. Denn wer entscheidet darüber? Was sind dann das Internet und die sozialen Medien noch wert? Wo ist dann noch Freiheit, Meinungsfreiheit, Redefreiheit, Kunstfreiheit?

Das Internet und die sozialen Medien haben den normalen Menschen eine Stimme gegeben, weil eben nicht jeder als „Experte“ von Markus Lanz eingeladen wird und dann vor einer großen Öffentlichkeit sprechen darf. Und diese Freiheit soll den Menschen jetzt wieder genommen werden? Obwohl sie als Wähler der Souverän sind?

Nein, mit Zensur und Verboten kann das nicht funktionieren. Das schafft nur eine totalitäre graue Welt, die nicht das Geringste mit einer lebendigen liberalen Gesellschaft zu tun hat.

Die einzige Lösung wäre Medienerziehung. Wenn es wirklich ein authentisches Interesse gäbe, eine bessere Welt zu schaffen und Desinformation und Propaganda zu bekämpfen, dann würde man von klein auf unsere Kinder schulen, mit Medien und Informationen umzugehen. Wer steckt hinter welchem Medium, welchen Informationen kann man mehr vertrauen als anderen? Was sind Hinweise auf KI und Kriegspropaganda und so weiter?

Aber anscheinend ist das gar nicht gewollt, denn das würde ja Millionen von mündigen Bürgern schaffen, die auf Lügen und Propaganda nicht mehr hereinfallen.

Geistesschwache Hybris

Wissen Sie, wer die intellektuelle Speerspitze im ehemaligen Land der Dichter und Denker bildet? Klaas Heufer-Umlauf und Joko Winterscheidt. Der erste ist gelernter Friseur und der zweite musste eine Ausbildung zum Werbekaufmann abbrechen. Aber das macht ja auch Sinn, schließlich ist unser Wirtschaftsminister ein erfolgloser Kinderbuch-Co-Autor und unsere Außenministerin hat dreimal Bronze im Doppel-Mini-Tramp geholt. (Was immer das sein mag.)

Ich kann mich noch sehr gut erinnern, als Klaas und Yoko nervige Nobodys in der Branche waren, die niemand für besonders talentiert hielt und die in den Niederungen kleiner Sender mit erfolglosen Formaten herumvegetierten. Aber mit dem Erfolg kam plötzlich das Sendungsbewusstsein, davor wäre es auch eher wenig karrierefördernd gewesen, eine „Haltung“ zu haben. Es ist schon besser, wenn man erst seine Schäfchen im Trockenen hat, bevor man offenbart, dass man den höchsten IQ besitzt, der je bei einem Friseur gemessen wurde. (Und damit möchte ich AUSDRÜCKLICH nur einen ehemaligen Friseur herabsetzen).

Auf jeden Fall nutzen die beiden ihre Reichweite neuerdings, um eine Art Zuschauerbeschimpfung zu betreiben. Sie verunglimpfen Großteile der hiesigen Bevölkerung als „Nazis“, „geistesschwach“ und was ihnen noch so einfällt. Mein taumelnder ehemaliger Arbeitgeber *ProSieben* gibt ihnen dafür nur allzu gerne ein Forum, schließlich sind der Beinahe-Werbekaufmann und der ehemalige Friseur so ziemlich das Einzige, was in den letzten Jahren bei *ProSieben* inhaltlich funktioniert hat.

Aber wie sich Geschichte doch wiederholt. Schon damals kamen die Faschisten aus der Mitte des Volkes. Früher malten sie Landschaftsbilder, heute halten sie dir den Spiegel an den Hinterkopf und fragen: Passt das so oder kürzer?“

Neulich bei der ARD

Gucke ich mir doch im letzten Wahlkampf die „Wahlarena“ bei der *ARD* an und freue mich so sehr darüber, dass Deutschland im Besitz eines völlig neutralen sachlichen unpolitischen Rundfunks ist, der durch eine brutal eingetriebene Zwangsgebühr finanziert wird. Die unfassbare Neutralität dieses maximal toxischen Propaganda-Rundfunks kommt schon allein dadurch zum Tragen, dass der männliche Moderator, Louis Klamroth, mit der Grünen und Fridays-for-Future-Chefin Luisa Neubauer liiert ist und die weibliche Moderatorin, Jenny Wellmer, mit dem ehemaligen Pressesprecher der grünen Politikerin Ramona Popp verheiratet ist. Also, mehr private Unabhängigkeit geht eigentlich schon mal gar nicht.

Seltsamerweise ist Herrn Klamroth erst nach seiner Vertragsunterzeichnung aufgefallen, dass er ja Tisch, Tofu-Bett und Wärmepumpe mit der irrlichternden Klima-Fanatikerin teilt. Aber wer riskiert schon gerne kolportierte 700 000 Euro abgepresstes Gebührengeld im Jahr. Da sitze ich nun also bei Leberkäse mit Zigeunersauce und leckeren Mohrenköpfen in meinem Winnetou-Kostüm vorm Fernseher und freue mich sehr über die Frage des grünen Kommunalpolitikers aus dem Ortsvorstand Hameln, der die wahrscheinlich intelligenteste Frage stellt, die je von einem Grünen geäußert wurde.

Dass der junge Mann Samuel Everding heißt, tut hier nichts zur Sache, schließlich möchte ich nicht, dass diese Wiedergeburt von Albert Einstein von Groupies überrannt wird. Ach ja, er ist homosexuell, das ist ihm sehr wichtig und es ist für seine Frage auch nicht unerheblich. Sinngemäß fragt er also Alice Weidel, warum sie in der AfD wäre, wo die doch Homosexuelle ins Gefängnis und ins KZ stecken möchte. Ja, Sie haben leider richtig gehört. Das fragt er Alice Weidel! Alice Weidel!

Und ja, er spricht tatsächlich von KZs. Anscheinend hat ihn in seinem ganzen Leben noch niemals jemand erklärt, was diese Buchstabenkombination bedeutet. Vielleicht denkt er, sie stehen für Kurz Zugesperrt? Oder Kein Zutritt? Tja, da freut sich ein kleiner Winnetou mit vom Negerkuss verschmiertem Mund vor dem Fernseher, dass wir den öffentlich-schändlichen Unfunk haben. Wo sonst sollte man sonst erfahren, wie schlimm die Pisa-Katastrophe mittlerweile wirklich ist?

Mama, der Mann mit den Küssen ist da

Paolo Pinkel hat sich mal wieder geäußert. Sie erinnern sich bestimmt an dieses Pseudonym, das Deutschlands unsympathischster Moralapostel Michel Friedman benutzt hat, als er im Jahre 2003 randvoll mit Koks die Notlage von ukrainischen Zwangsprostituierten ausnutzte. Oder wie eins seiner Opfer, eine Dame namens Olesya, so schön feststellte: „Seine Kokain-Küsse waren ekelhaft."

Na ja, seine Ehefrau, die ehemalige RTL-Moderatorin Bärbel Schäfer, fand seine Küsse und seinen Lebenswandel anscheinend wesentlich leckerer, denn die hat ihn dann 2004 geheiratet. Wohl dem, der eine starke Frau an seiner Seite hat, die noch verzeihen kann. Womit sie aber wahrlich nicht allein war, denn die aus seinen Küssen resultierende Vorstrafe inklusive Strafbefehl in Höhe von 17 400 Euro hat beim schönen Michel nicht mal zu einem Karriereknick geführt.

Ja, wähle deine Vergehenweise. Stellen Sie sich mal vor, das so unfriedliche Männchen hätte alkoholisiert irritierende Lieder auf Sylt gesungen, da wäre die Tagesschau aber am Dampfen gewesen. Nun hat er sich also mal wieder zu Wort gemeldet, um uns zu sagen, dass die AfD keine demokratische Partei sei, weil sie den deutschen Staat abschaffen möchte.

Um ihn herum standen ein paar Leute, die müde an der richtigen Stelle klatschten, wenn Paolo besonders wild gestikulierte. Wahrscheinlich hat sich der eine oder andere Claqueur aber gedacht: „Ich glaube, der Mann mit dem Koks ist wieder da." und hat sich insgeheim eine Haarprobe gewünscht. Nur, das Schlimme an der ganzen Geschichte ist: Wenn so die Leute aussehen, die „unsere Demokratie" verteidigen, dann weißt du, dass du komplett im Arsch bist.

Habemus Regierungssprecher!

Ach, es ist so wunderbar. Für das Kabinett Merz stellt die *Süddeutsche Zeitung* den Regierungssprecher! Es ist der langgediente Ressortleiter der *SZ*, der, zu Recht, gänzlich unbekannte Stefan Kornelius.

Und genau so muss das sein in einer lupenreinen Demokratie. Die Gewaltenteilung zwischen Politik und Medien wird instinktiv eingehalten, denn man weiß ja, wohin das führen kann. Nämlich dazu, dass die *SZ* jetzt noch mehr zum Regierungsblättchen mutiert und dazu, dass jeder Journalist jetzt weiß, dass es sich lohnt, den Mächtigen möglichst tief in den Dickdarm zu kriechen, damit eines Tages ein toller Job in der Nähe des Kanzleramtes rausspringen kann. Wunderbar, wunderbar.

Nur Georg Restle hat doch dicke Krokodilstränen geweint, wobei seine Nichtberücksichtigung ein Zeichen dafür ist, dass man selbst die Arschkriecherei übertreiben kann. Denn Herr Restle ist, nach eigenem Bekunden, ja ein Haltungsjournalist. Er hat schon vor vielen Jahren die Haltung eines Zäpfchens eingenommen, um sich für Höheres zu empfehlen, aber irgendwie flutscht es bei ihm nicht so richtig.

Ich frage mich nur, ob das so eine kluge Entscheidung von Herrn Kornelius war? Immerhin ist er seit 1991 bei der SZ, ich liebe es ja, wenn Journalisten so viel rumgekommen sind, dass sie genau einen einzigen Arbeitgeber kennen. Aber was macht er, wenn der Merz nicht mal den Mai überlebt? Nimmt die *SZ* ihn dann zurück? Oder muss er beim Restle anfangen?

Ein Mann namens Böhmermade

Während meiner 25 Jahre im deutschen TV-Business kam mir der Name Jan Böhmermade naturgemäß ziemlich häufig unter, schließlich hatte ich mich ja dem Entertainment verschrieben. Und nicht nur einmal dachte ich mir, wie gut doch dieser Name zu ihm passt. Ein unwitziger, untalentierter und unattraktiver Mann, der so unbedingt berühmt sein möchte, dass er dafür vor nichts zurückschreckt.

Solche Typen sind gar nicht mal so selten im TV-Business. Sie sind wie Maden, die sich am Leib der oberflächlichen Anerkennung laben wollen, weil sie in sich keinerlei Anerkennung für sich selbst tragen. Niemand von uns hatte Jan Böhmermade groß auf dem Zettel. Kein Sender, kein Produzent, kein Agent. Viel zu beschränkt schienen seine Möglichkeiten und menschlich galt er in der Zusammenarbeit als unangenehm. (Böhmermade halt. Nomen est omen.)

Dass so jemand, der sich im freien Markt nicht durchsetzen kann, dann irgendwann bei den öffentlich-verächtlichen Gebührenschändern landet, kommt nicht von ungefähr. Denn wo sonst kann man noch mit schlecht recherchierten Geschichten und unangenehmer politischer Schlagseite Karriere machen als bei den toxischen Propaganda-Dilettanten vom Staatsfunk. Dort entehrt Jan Böhmermade jetzt regelmäßig das Genre Satire, denn Satiriker bücken sich in der Regel nicht feige vor der Macht und schlagen auf Schwächere ein, die sich nur schwer wehren können, nein, echte Satiriker tun genau das Gegenteil.

Und echte Satiriker brauchen auch kein Team von 60 Autoren, Juristen, Redakteuren und Co., um ein paar popelige Sendungen pro Jahr auf Kosten der Allgemeinheit zu machen. Es soll auf YouTube sogar Satiriker geben, die machen über 250 Sendungen im Jahr und müssen dafür nicht eine Zwangsgebühr aus den Leuten rausprügeln. Aber nun genug von mir. Höre auch gerade, dass der neue hässliche Deutsche nicht Jan Böhmermade, sondern Jan Böhmermann heißt. Also der Name passt ja nun wirklich gar nicht?! Nein, ich bleibe lieber bei Böhmermade.

Und weiter mit Böhmermade

Jan Böhmermade hat einen YouTuber gedoxxt, der anonym einen sehr erfolgreichen Kanal namens „Clownswelt" betreibt. Auch wenn „gedoxxt" beziehungsweise „doxxing" klingt wie detox, also Entgiftung, ist es eher genau das Gegenteil. Der sehr erfolgreiche YouTuber, der sich selbst „Clownie" nennt, hat es vorgezogen, seine Identität nicht preiszugeben, da er Meinungen vertritt, die sich nicht mit denen von Jan Böhmermade decken. Und er weiß, dass man dafür inzwischen in Deutschland den Schädel mit einem Hammer eingeschlagen bekommen kann, dass sein Job und selbst sein Auto gefährdet sind.

Ich finde, das ist nachvollziehbar, zumindest aber muss man es akzeptieren. Viele Künstler ziehen die Anonymität vor. Aber nicht nur Künstler wie zum Beispiel der Street-Artist Banksy, Schriftsteller, die unter Pseudonym schreiben, oder Sänger, die nur mit Maske singen. Die Anonymität ist eine freie Entscheidung, die selten ist, schließlich verzichtet man so auch auf Ruhm und Aufmerksamkeit.

Auf jeden Fall aber sind persönliche Entscheidungen in einer freien liberalen Gesellschaft zu respektieren. Alles andere ist übergriffig. Und stellen Sie sich vor, es gibt sogar Menschen, die möchten ihre Homosexualität privat halten! Auch das finde ich durchaus nachvollziehbar und verachte jeden Fall, in dem das nicht akzeptiert wurde.

Nur, wer kann solche freien persönlichen Entscheidungen nicht ertragen? Jan Böhmermade. Deswegen hat er seine geliehene Macht genutzt und auf dem menschenverachtenden Propagandasender *ZDF*, geleitet von einem Mann namens Himmler, der niemals einen anderen Arbeitgeber kennengelernt hat, die Identität dieses YouTubers aufgedeckt. Er hat seine Familie und dessen Freunde besucht und informiert, der Uni einen Besuch abgestattet und nichts unversucht gelassen, um möglichst viel Schaden im Privatleben dieses jungen Mannes anzurichten.

Die Band, in der der junge Mann Gitarrist war, hat ihn daraufhin rausgeschmissen, „Freunde" haben sich abgewandt und bei der aktuellen toxischen Stimmung in diesem Land sind Leib und Wohlergehen des jungen YouTubers jetzt gefährdet.

Und um es noch einmal zusammenzufassen: Jan Böhmermade, der sich im freien Markt nicht durchsetzen konnte (Und über den Harald Schmidt gesagt hat: „Mir war immer klar, dass er es als Moderator nie schaffen, es aber als Krawallschachtel weit bringen kann.") versucht das Leben eines jungen begabten

YouTubers zu zerstören, weil ihm dessen – sehr fundierte – Meinung nicht passt.

Nicht das Geringste an den Inhalten dieses YouTubers ist extrem. Seine Inhalte sind halt nur nicht linksradikal, wie die von Böhmermade. Ein per Zwangsgebühr alimentierter Studienabbrecher, mit unverdienten 600 000 Euro Jahresgehalt, diffamiert einen jungen YouTuber (unter anderem) als Studienabbrecher, schreibt (erfolglos) YouTube an, damit der junge Mann kein Geld mehr verdienen kann, und macht alle Daten öffentlich, so dass der junge Mann, der sich mit viel Arbeit und Talent einen wirklich außergewöhnlich guten Kanal aufgebaut hat, auffind- und angreifbar ist.

Jan Böhmermann kann nichts ohne sein Team von 60 Leuten. Sein kreativer Output erschöpft sich im Vorlesen der Texte auf dem Teleprompter, die er nicht selbst schreibt. Natürlich schneidet er die Sendung auch nicht und er dreht auch nicht gerade viel selbst. Seine „Satire" besteht ausschließlich aus Attacken auf Schwache. Vor der Macht ducken er und sein Team sich.

Dieses verachtenswerte Verhalten ist nicht neu in diesem Land. Und es ist sicher keine Satire, sondern willfährige Staatspropaganda zum Schaden von Menschen, die absolut nichts verbrochen haben. Kleiner Fun-Fact: Als mal die Privatadresse von Böhmermade veröffentlich wurde, ermittelte der Staatsschutz, den Böhmermade sofort weinerlich informiert hatte. Obwohl er, als typischer Linker, auch schon mal gegen die Polizei hetzt. Aber ein feiger Hänfling, der ohne geschriebene Texte weder klug noch witzig ist, sollte es sich vielleicht nicht mit allzu Vielen verderben, wenn er nicht möchte, dass die Polizei bei ihm einziehen muss, um ihn zu beschützen.

Der ZEIT-Journalist, der die Stasi liebt

Auch ein ZEIT-Journalist mit dem exotischen Namen Christian Fuchs hat in einem Artikel die Identität des jungen YouTubers enthüllt, der sich im Internet „Clownie“ nennt und einen Kanal namens „Clownswelt“ betreibt.

Herr Fuchs hat unzählige Bekannte des Mannes aufgesucht und allen erzählt, was er im Internet so „treibt“. Er hat abends die Eltern an der Haustür bedrängt, ehemalige Professoren ausgehorcht und informiert uns jetzt in seinem Artikel darüber, dass die Freundin des jungen Mannes mit ihm Schluss gemacht hätte (War Herr Fuchs beim Trennungsgespräch dabei?), welche Uni-Kurse der Mann nicht bestanden hat und welche Computerspiele er gerne spielt.

Das alles deswegen, weil ein „öffentliches Interesse“ bestünde. Also bei mir nicht! Und ich folge dem YouTube-Kanal „Clownswelt“ schon lange. Nicht den Bruchteil einer Sekunde lang hat es mich je interessiert, wer hinter dem sehr gut gemachten Content steckt.

Aber was hat „Clownie“ verbrochen, dass er dermaßen drastische Maßnahmen verdient? Tja, das müsste man Herrn Fuchs fragen. Denn weder die deutsche Justiz noch der übereifrige Verfassungsschutz, ja nicht einmal YouTube haben irgendetwas gegen Clownie vorliegen. Anscheinend liegt das „Verbrechen“ des jungen YouTubers hauptsächlich darin, eine andere Meinung zu vertreten als der mehrfache Journalist des Jahres von der *Zeit*. (Wer solche „Journalisten des Jahres“ hat, braucht echt keine Feinde mehr.)

Nur werden dem Hobby-Demagogen von der *Zeit* jetzt „Doxxing“ und „Stasi-Methoden“ vorgeworfen, und das von einer sehr breiten Öffentlichkeit. Aber Herr Fuchs wäre nicht ein aufrechter Demokrat der Stunde, wäre er nicht in der Lage, Mehrheiten komplett auszublenden.

Der *SPIEGEL*

Kennen Sie die „Standards“ des ehemaligen Nachrichtenmagazins *Der Spiegel*, das heute nur noch eine Art Vereinspostille der Regierung ist und unterirdischen Kampagnen-Journalismus betreibt, der immer wieder von Gerichten eingeschränkt wird?

Diese „Standards“ sollten Sie echt mal lesen, damit hätten Sie sicher allen Mitarbeitern des *Spiegel* etwas voraus, und diese „*Spiegel* -Standards“ sind frei im Internet verfügbar. Sie umfassen 76 Seiten und beginnen mit: „Die Mitglieder der *Spiegel*-Redaktion sind höchsten journalistischen Standards verpflichtet. Sie berichten unabhängig von politischen, wirtschaftlichen, weltanschaulichen, religiösen und privaten Interessen sorgfältig und wahrhaftig. Die obersten Prinzipien für die Arbeit an den Texten müssen Aufrichtigkeit und Verständlichkeit sein. Alles andere, zum Beispiel Spannung oder Unterhaltsamkeit, ist ebenfalls wichtig, darf aber nicht zulasten von Aufrichtigkeit und Verständlichkeit gehen.“

Ja, ich weiß, ich höre Ihr brüllendes Gelächter, und erwarten Sie hier bitte von mir keine Erklärung, ich weiß doch auch nicht, wie Menschen so ein unfassbares Level von Doppelmoral erreichen können. Alles, was wir tun können, ist, diese Menschen immer wieder darauf hinzuweisen, dass sie zum Beispiel 5,4 Millionen Euro an Spenden von Bill Gates angenommen haben und seitdem jegliche negative Berichterstattung über ihn aus dem *Spiegel* verschwunden ist.

Dass der *Spiegel* eidesstattliche Versicherungen im Fall Till Lindemann gefälscht hat und sich deswegen eine Anzeige von ihm eingefangen hat, und dass weite Teile der Berichterstattung über Luke Mockridge und den Verdacht einer versuchten Vergewaltigung gerichtlich verboten wurden. Die zuständige Staatsanwaltschaft hatte diesen Verdacht ausgiebig geprüft, schlussendlich als haltlos eingestuft und den Fall abgeschlossen.

Aber das jüngste *Spiegel*-Gericht hat ihn dann wieder aufgerollt, anscheinend motiviert durch das vermeintliche Opfer, das die juristische Entscheidung einfach nicht akzeptieren wollte. Denn merke: Wer den *Spiegel* hat, braucht keine Gesetze! Schließlich hat der *Spiegel* ja „Standards". Ach übrigens, kennen Sie den Namen Relotius?

Experten, die eigentlich Jogginghosen sind

Neulich war mal wieder eine linksgrüne „Expertin" bei Lanz, um zu erklären, dass die Meinungsfreiheit in Deutschland völlig intakt sei und dass die Diskussion darüber nur ein „Ablenkungsmanöver" wäre. Von was abgelenkt werden sollte, war ihrem wirren Gestammel nur schwer zu entnehmen, was aber auch daran lag, dass sie gefühlt erst 14 war und zu Lanz anscheinend auf direkten Weg von Kita, Grundschule, Hörsaal gekommen war.

Als man ihr sanft widersprach, brüllte sie alles nieder und unterbrach munter jeden vernünftigen Gedanken in der Runde, ohne dabei zu bemerken, dass sie gerade die Meinungsfreiheit aller Beteiligten massiv einschränkte.

In solchen Momenten frage ich mich dann immer und immer wieder, wie man sich eigentlich für die

Rolle des „Experten“ qualifiziert? Reicht es, halbwegs verständlich Deutsch zu sprechen? Wohl kaum, denn Annalena wird ja auch oft eingeladen. Aber was ist es dann? Bei den öffentlich-verächtlichen Gebührenschändern sitzen reihenweise „Experten“, die hauptsächlich dadurch auffällig wurden, dass keine ihrer Prognosen auch nur annähernd eingetroffen ist. Meistens wurde genau das Gegenteil dann Realität.

Trotzdem werden sie immer wieder eingeladen? Kennen die Redaktionen ihre eigenen Sendungen nicht? Hat ein Markus Lanz überhaupt noch eine Redaktion? Oder öffnet man dort eine Stunde vor der Sendung die Studiotür und nimmt den, die, das als „Experten“, der als Erster reinlatscht? Wenn es gerade die Experten sind, die den allerschlimmsten Unsinn in reichweitenstarken Medien reden, dann hat eine Gesellschaft die Kontrolle über ihr Leben verloren.

Realitätsferne, intellektuell schwache und ideologisch verseuchte „Experten“ sind genau das Gegenteil von Expertise. In der Mode ist es die Jogginghose, die den Kontrollverlust manifestiert, in der deutschen Realität sind es die Experten des ÖRR.

Wie einst Ina Deter ...

Ich sprühe es auf jede Häuserwand: Neue Experten braucht das Land. Was uns in den letzten Jahren als „Experten“ präsentiert wird, ist eine absolute Negativ-Auslese. Jeder muss sich das bewusst machen.

Unsere aktuellen Experten sind ein Spiegelbild unseres Niedergangs. Die schlechtesten Journalisten unserer Geschichte präsentieren uns die schlechtesten Experten, die man finden kann, um uns den größten Unsinn glauben zu lassen, solange er auf Linie der schlechtesten Politiker seit Erstellung des Grundgesetzes liegt.

Die aktuellen Experten erzählen uns, dass Impfungen keine Nebenwirkungen haben und dass Kinder auch bei 37 Grad im Schatten eine Maske tragen müssen. Und dieselben Experten erzählen uns auch, dass wir bei 25 Grad verglühen werden, wenn wir nicht gezielt Hitzeschutzmaßnahmen durchführen.

Sie erzählen uns jede Woche, dass Russland den Krieg verloren hat, obwohl sie selbst niemals eine Uniform getragen haben. Sie erzählen uns, dass Länder gesichert gesichertextrem nur noch eine Woche vor dem Bau einer Atombombe stehen, und das erzählen sie uns dann 30 Jahre lang jedes einzelne Jahr.

Sie sagen uns das Wetter in 100 oder 200 Jahren voraus, aber liegen beim Wetter für heute komplett falsch. Sie erzählen uns, was Putin denkt, welche Sprache Trump versteht und dass Orban ein Verbrecher ist. Und das alles meistens, ohne etwas anderes von der Welt gesehen zu haben als das Sauerland und den Ballermann.

Sie erzählen uns, dass Kamala Harris die Wahl gewinnt und die Welt unserem Beispiel folgen wird. Sie versprechen uns Wohlstand und blühende Landschaften, und ein Jahr später sind wir das Schlusslicht beim Wirtschaftswachstum. Und ganz ehrlich, wenn diese Experten die Lösung sind, dann hätte ich gerne das Problem wieder.

So viele sprechende Mülleimer

Sie sind Langzeitarbeitsloser und haben keine Idee, wie Sie das ändern können? Das Job-Center ist auch ratlos und Sie haben eigentlich auch relativ wenig zu bieten, außer einer narzisstischen Persönlichkeitsstörung? Weshalb Sie auch sehr verletzt sind, weil Sie der explosionsartige Wirtschaftsboom unter Robert

„Der Erlöser“ Selbstzweck in die Arbeitslosigkeit gebombt und gleich Ihre gesamte Branche mitvernichtet hat.

Aber machen Sie sich keine Sorgen! Werden Sie einfach Experte! ÖRR, Correctiv und die gesamte Altpapier-Presse suchen schließlich permanent händeringend! Sie waren noch nie in Russland? Dann werden Sie am besten Russland-Experte! Den Nahost-Konflikt verfolgen Sie seit Jahren in der Tagesschau? Dann kann niemand Israel und die Hamas besser einordnen als Sie! Sie haben noch niemals eine Kaserne von innen gesehen? Dann würde sich doch Militärexperte anbieten. Die Wirtschaft spielt schon allein wegen Ihres immensen Alkoholkonsums eine große Rolle in Ihrem Leben? Dann könnten Sie uns doch bitte bestimmt darüber aufklären, wie die Sanktionen uns reich machen werden.

Es reicht aber auch einfach, wenn Sie uns wortreich beschreiben, was Trump denkt und wie Putin tickt. Denn Sie wissen das bestimmt, Sie sind ja Experte! In Physik hatten Sie meistens eine Vier und in Chemie sogar eine Fünf? Dann würde sich Klima-Experte anbieten. Das ist eh das Einfachste, da kann man so gut wie nichts falsch machen. Egal, was passiert, der menschengemachte Klimawandel ist schuld und wir werden verglühen. Das immer wieder zu wiederholen, wird Ihnen bereits ein Leben auf Experten-Spesen sichern.

Und keine Sorge, Ihre Expertise wird niemals hinterfragt werden, denn das wäre gesichert rechtsextrem und die Medien schießen sich natürlich nicht selbst ins Bein, sondern würden sogar einen Mülleimer als Klimaexperten verkaufen. Schließlich steht der viel draußen.

Vielleicht müssen wir Qualität mal definieren?

Man hört ja heutzutage viel von Qualitätsjournalismus und Qualitätsmedien. Und ich glaube, wir müssen vielleicht mal Qualität definieren? Ist eine Zeitung dann eine Qualitätszeitung, wenn sie mehr inhaltliche Qualität hat als zum Beispiel Klopapier? Mir ist das nicht hundertprozentig klar.

Neulich lese ich zum Beispiel in der größten Tageszeitung des Landes die Schlagzeile: „Krieg in Nahost – Das Regime ist in Panik – Experte: Iran-Führung nahezu wehrlos gegen Israel – Mullahs zeigen Stress-Symptome". Es gibt Studien, die besagen, dass in den USA 75 Prozent aller Social-Media Nutzer Artikel teilen, von denen sie nur die Schlagzeile gelesen haben. Schlagzeilen sind also nicht unwichtig, gerade im Journalismus jenseits von Klopapier-Level.

Nun ist das ja eine relativ vollmundige Aussage, das iranische Regime ist in Panik, nahezu wehrlos und zeigt schon Symptome von Stress. Wahrscheinlich Händezittern, kalte Füße und gesteigertes Schwitzen. Sind ja auch nicht mehr die Jüngsten, diese Mullahs. Nun fragen sich aber ein paar wenige aufgeweckte Leser, was ist denn das für ein Experte, auf dessen Einordnung sowohl die Schlagzeile als auch der Artikel basiert.

Und dann muss man im Text erfahren, dass es sich bei dem Experten um den früheren Militärgeheimdienst-Mitarbeiter Or Yissachar handelt. Und zwar sprechen wir hier vom ISRAELISCHEN Geheimdienst!! Die BILD befragt also einen ehemaligen Geheimdienstmitarbeiter einer der Kriegsparteien und hält das dann für eine valide sachliche Einschätzung, die man dem Leser ungeprüft präsentieren kann? Also ganz ehrlich, da lese ich doch lieber Klopapier.

Wenn wir schon über Qualität sprechen ...

Das Hochleistungs-Qualitätsmedium *Frankfurter Rundschau* hat am 18.06.2025 einen Artikel veröffentlicht mit dem Titel „Urlauber stornieren – Beeinträchtigt die AfD deutsche Pensionen?" (Womit nicht die Altersruhestände unserer geliebten Beamten gemeint sind, sondern die hotelähnlichen Aufenthaltsorte.)

Wenn man sich überwindet, den zur Schlagzeile gehörenden Artikel zu lesen, findet man heraus, dass einzige Quelle des gesamten Artikels ein Leserbrief an den *Tagesspiegel* der Besitzerin der Pension „Tor zur Elbaue" ist. Die Pension hat vier Motto-Zimmer mit klingenden Namen wie Bombay, Marrakesch, Afrika und Bangkok. Im Zimmer Bangkok kann man zum Beispiel „den Zauber Südostasiens" entdecken! (Und nein, ich denke nicht, dass damit die Rotlichtviertel in Bangkok gemeint sind.)

Auf jeden Fall hat mich dieser Artikel zu einer offenen Ansprache angeregt:

Zutiefst verachtete *Frankfurter Rundschau*, das Einzige, was noch schlimmer ist als Tastatur-Aktivismus, ist saudummer Tatstatur-Aktivismus. Wenn man schon jeglichen journalistischen Ethos hat fahren lassen und sich entschieden hat, die Welt vor dem „Pöhsen" zu retten, indem man irgendwelche Schauergeschichten aus dem Nichts herbeifabuliert, kann man sich doch wenigstens ein bisschen mehr Mühe geben?

Ich meine, so erkennt doch ein vierjähriges Kind, das weder lesen noch schreiben kann, die verlogene Absicht und wendet sich enttäuscht vom einstigen weltweiten journalistischen Flaggschiff *Frankfurter Rundschau* ab. Gut, dass die *Frankfurter Rundschau* nie so wirklich Journalisten, sondern eher linke Nervbacken beschäftigt und in den Jahren 2003 bis 2006 sogar der Mediengesellschaft der SPD gehört hat, ist nun wirklich allgemein bekannt.

Aber wenn man AfD-Bashing dermaßen plump betreibt, erreicht man am Ende nur eins: Man bringt die AfD irgendwann auf über 80 Prozent. Denn wenn man einfach zu schlecht belegten Lügen greift und versucht, auf einer Glatze eine Locke zu drehen, weil man nicht das Geringste in der Hand hat, verliert man nicht nur komplett das Vertrauen seiner Leser, sondern man geht den Leuten damit auch dermaßen auf den Sack, dass sie schon allein deswegen AfD wählen, weil sie keinen Bock mehr haben, sich für dumm verkaufen zu lassen.

Das Selbstdenken kann man sich leider nicht ersparen

Warum glauben immer noch so viele Menschen, was ihnen einzelne Medien erzählen? Ich meine, wir WISSEN, dass sie uns immer und immer wieder belogen haben. Die Beispiele sind unendlich. Es gab keine Massenvernichtungswaffen im Irak, es gab keine Pandemie der Ungeimpften und Kamala Harris hatte niemals auch nur den Hauch einer Chance. (Und googeln Sie besser niemals nach der Brutkastenlüge.)

Natürlich, weil der Mensch etwas braucht, um sich an etwas festzuhalten, aber wenn das ein einzelnes Medium ist (Tagesschau, *Spiegel*, *BILD-Zeitung*), das immer und immer wieder auffällig wird, dann müsste man doch irgendwann schlauer werden. Als Kind dachte ich tatsächlich, dass wahr sein MUSS, was in der Zeitung steht, per Gesetz oder so. Diesen Glauben verliert man spätestens dann, wenn man selbst mal Bestandteil eines Artikels ist.

Inzwischen weiß ich, dass ich nichts weiß und dass ich besser auch nichts wissen sollte. Dass es keine Quelle gibt, der man uneingeschränkt vertrauen kann, dass es kaum noch Journalisten gibt, die Meldungen von Geheimdiensten und Regierungen hinterfragen. Obwohl jeder weiß, dass im Krieg zuerst die Wahrheit stirbt, werden munter ungeprüft immer die Meldungen der „Guten" verbreitet und die der „Bösen" als Kriegspropaganda abgetan. Wobei jeder instinktiv weiß, dass die Welt so nicht funktioniert, dass es Schwarz und Weiß nur in der Fiktion gibt.

Trotzdem verweigern sich unendlich viele Menschen der Komplexität unserer Zeit. Aber ohne komplexes Denken können Demokratien nun mal nicht existieren.

6. Staats(ver)diener in der Bundesinsolvenz Impfland

Wie alle Parteien immer „auf gar keinen Fall“ mit dieser oder jener Partei koalieren werden ... Würde man alle Aussagen dazu ernst nehmen, könnte man sich jede Wahl gleich sparen, denn Regierungen würden ja nur noch mit absoluter Mehrheit zustande kommen, und das hat bekanntlich bisher nur Konrad Adenauer 1957 geschafft. Zumindest, was den Bundestag betrifft.

Mich lassen solche Aussagen immer zusammenzucken, weil ich mich dann jedes Mal frage: Was wurde an dem Wort „Staatsdiener“ eigentlich nicht verstanden? Ein Staatsdiener muss nach der Wahl schnellstmöglich eine Regierung bilden, und damit das rasch geschehen kann, ist es völlig unlauter, vor Feststehen der Stimmenanteile den politischen Korridor maximal zu verengen. Und auch dumm, denn irgendjemand wird sein Gesicht verlieren und umfallen, und wir haben nach Billionen von Umfallern die Nase einfach voll.

Wir wollen endlich einfach nur Politiker, die machen, was sie gesagt haben. Und keine schizophrene Spaltung in „vor“ und „nach“ der Wahl. Dasselbe mit Aussagen von gänzlich unbekannten politischen Hinterbänklern, die trotz ihrer völligen Belanglosigkeit aber auch Staatsdiener sind: „Wir sind bereit, die finanzielle Unterstützung der Ukraine allein zu schultern!“ Äh ... nö! Und wer ist wir? Also, ich wurde nicht gefragt.

Gibt es eine Politiker-Schule?

Für Frau Baerbock gibt es Länder, die mehrere 100 000 Kilometer entfernt sind, obwohl der Umfang des Äquators nur knapp 40 000 Kilometer beträgt. Robert Habeck hält es für einen Geniestreich, die Baltic Pipe anzuzapfen und Deutschland so mit Gas zu beliefern, obwohl die Baltic Pipe bereits eine Abzweigung von einer Gasleitung ist, die Deutschland sowieso direkt mit Gas beliefert. Und das seit 1999!

Frau Strack-Zimmermann behauptet, dass die Ukraine 70 Milliarden ernährt, obwohl auf der Erde nur 8,2 Milliarden leben, und Markus Lanz blökt in seinem Südtiroler Stadl, dass in Russland jeder dritte Mann im Gefängnis ist oder war. In Wirklichkeit waren es mit 0,37 Prozent im Jahre 2019 nicht mal ein halbes Prozent, das die schöne, aber geistesschwache Fachkraft aus Südtirol mal kurz zu einem Drittel, also 33 Prozent gemacht hat.

Ganz zu schweigen davon, dass für Frau Baerbock ein Jahr 560 Tage hat, für Herrn Habeck eine Insolvenz halb so schlimm ist, denn die „hören ja bloß auf zu verkaufen“, und für die ungelernte Küchenhilfe und Ex-Bundestags-Vizepräsidentin Frau Göring Eckardt ist der neue Wohlstand ein „Wohlstand des Weniger“ – also Armut.

Und manchmal fragt man sich dann schon: Waren die alle auf derselben Sonderschule?

Oder wenigstens eine Benimmschule für Politiker?

Der eine lacht sich angesichts Dutzender Flut-Toter im Ahrtal schlapp (Armin Laschet, CDU). Die andere verhöhnt einen von einem Islamisten in Mannheim bestialisch getöteten Polizisten (Tuba Bozkurt, Bündnis

Nutzlos, Die Grünzis), und zwei echte Bros benehmen sich bei der Papst-Beerdigung wie Kegelbrüder am Ballermann (Steinmeier, SPD & Söder, CSU).

Gut, dass so mancher grüner Politiker bereits beim Namen-Tanzen durchgefallen ist und dass Heidi Reichinnek zwar ständig über Mieten spricht, aber dann bei Markus Lanz keine Fragen zu Mietwohnungen und Mietern beantworten kann, weil sie Migräne hat, geschenkt.

Aber, dass sich unsere Politiker durch die Bank benehmen wie die offene Hose und jegliche Sozialkompetenz vermissen lassen, sehe ich wirklich als Problem. Wir brauchen gar nicht erst darüber reden, dass sich die Qualität unseres politischen Personals stärker verschlechtert hat als unsere Ergebnisse beim Pisa-Test und im Wirtschaftswachstum.

Wir müssen erst mal an die Basics ran: bitte und danke sagen. Mit Messer und Gabel essen. Und gottverdammt sich nicht köstlich amüsieren, wenn jemand sein Leben verloren hat. Wir brauchen die Supernanny für Politiker. Und dann erst mal alle auf die stille Treppe.

Der unfähige Politiker

Der Politiker an sich kann generell jetzt nicht die Wiedergeburt von Mutter Teresa oder Mahatma Ghandi sein. Wie soll man sich mit Empathie, Ehrlichkeit, Rückgrat und Erinnerungsvermögen in einer politischen Partei an die Spitze arbeiten? Das kann weder in einer Partei funktionieren noch in einem Großkonzern. Vielleicht hat ja irgendwann auf dem Weg einmal ein Fünkchen Idealismus existiert. Aber je schneller das verloren oder verborgen wird, desto eher klappt es mit der Groß-Karriere.

Trotzdem gibt es natürlich große Unterschiede zwischen Politikern weltweit. Und die entstehen durch die jeweilige Sozialisierung. War jemand jahrelang beim Militär, dann ist Krieg natürlich viel eher eine denkbare Lösung als für jemand, der früher bei den Ärzten ohne Grenzen war. Hat jemand noch niemals außerhalb der Politik gearbeitet, ist er natürlich vollkommen ungeeignet, über das Leben von Millionen zu entscheiden, die sich tagtäglich in der Realität behaupten müssen.

Und mir ist es ehrlich gesagt vollkommen unbegreiflich, wie das anders gesehen werden kann. Warum sollte in der Politik etwas anderes gelten als in allen anderen Bereichen dieser Welt?

Je größer die Verantwortung, desto mehr Erfahrung muss vorliegen. Ende aus, Lisa Paus. Und dabei ist mir wirklich jeder Beruf recht – vom Juristen bis zum Handwerker. Nur Kinderbuchautoren würde ich jetzt mal ein paar Jahrzehnte pausieren lassen.

Neue Schwachköpfe braucht das Land

Robert Habeck sagte nach dem Auftritt des US-Vizepräsidenten bei der Münchner Sicherheitskonferenz im Februar 2025: „JD Vance soll sich um seinen eigenen Kram kümmern!“ Und vergaß dabei irgendwie seinen Auftritt in der New Yorker Columbia Universität im März 2024, als er den irritierten Studenten „Solve your fucking problems“ entgegen proletete und sie in Sachen Klimapolitik belehrte. (Ausgerechnet er!)

Gut, im Gegensatz zu Vance kannte Habeck dort kein Schwein und höchstwahrscheinlich wurde er von den meisten für einen ausrangierten Hollywood-Schauspieler gehalten, der jetzt auf Öko-Guru macht. Der Schaden hielt sich also in Grenzen.

Nur ist die allgemeine Vergesslichkeit unserer Politiker schon besorgniserregend. Und ich will hier gar nicht erst anfangen, über Olaf Scholz zu sprechen, der ja geradezu ein Synonym für ein Vakuum im Erinnerungsteil des Gehirns geworden ist. So wie „Flipper" für Delphine.

Aber hat Herr Steinmeier vergessen, dass er Donald Trump erst kürzlich einen Hassprediger genannt hat? Hat dieser Hübsche von der SPD ... Gott, wie heißt er? Der, mit dem man Insekten und Vögel abschrecken kann? Himmel, jetzt komm ich nicht auf den Namen. Brille ... ein Gesicht, das Kinder um den Schlaf bringt? ... Ralf Stegner!!!! Meine Güte.

Also, hat Ralf Stegner vergessen, dass er 2016 in USA Haustürwahlkampf für Hillary Clinton gemacht hat? Diese Vergesslichkeit ist wirklich ein Problem, denn die internationalen Diplomaten erinnern sich irgendwie besser.

Über Parteien

Haben Sie noch überhaupt Vertrauen in unser Parteiensystem? Ich leider nicht mehr. Da vertraue ich ja der Deutschen Bahn noch mehr. Um ehrlich zu sein, halte ich das gesamte Parteiensystem in Deutschland für reformierungsbedürftig. Es ist einfach zu verkrustet, zu altbacken, zu wenig offen für neue innovative Kräfte.

Wer von Ihnen ist Mitglied in einer Partei oder möchte es werden, um sich in seiner Freizeit zeitaufwändig zu engagieren? Ich schätze mal, die wenigsten von uns. Aber warum ist das so? Bei mir ist der Hauptgrund, dass ich keinen Bock habe auf Intrigen, Ränkespiele und Taktieren. Und ich halte nichts von Zwang. Ich würde mir Parteien wünschen, die versuchen, einfach richtig gute Leute für Politik zu begeistern, und die dann als viel lockerer Verbund agieren.

Wenn ich mir aktuell grüne Politiker anhöre, kommen die mir alle wie Roboter vor oder Mitglieder einer Sekte. Und es ist weder authentisch noch glaubwürdig, dass angeblich Hunderte Menschen exakt die gleiche Meinung haben. Ich möchte Parteien, in denen ich meine eigene Meinung behalten und äußern darf, auch öffentlich. Ich möchte eine Parteienlandschaft, die jede neue Partei mit offenen Armen begrüßt, auch wenn man inhaltlich anderer Meinung ist.

Schließlich ist ja jeder Mensch, der sich politisch engagieren möchte, eine Bereicherung für die Demokratie. Und ich möchte keine Parteilisten mehr, die absolute Luftpumpen und Nichtskönner hochbezahlt in den Bundestag spülen – denn das zerstört nachhaltig das Vertrauen in das System.

Weil Parteien sind, wie sie sind

Neulich habe ich in einer Podcast-Diskussion gehört, dass es unredlich sei, Politikern immer wieder ihre berufliche Erfolglosigkeit außerhalb der Politik vorzuwerfen, da es nun mal einfach systemimmanent sei. In der Politik zählten nun mal andere Dinge als Kompetenz und Erfahrung. Und um in einer Partei aufzusteigen, müsse man eben ganz andere Fähigkeiten besitzen. Nämlich hauptsächlich die, in einer Partei aufzusteigen. Vor Gericht würde ich jetzt sagen: „Keine weiteren Fragen, Euer Ehren."

Das ist also der Grund, warum wir überall nur aalglatte Wortvergewaltiger im Amt haben, die selbst einfachste Realitäten nicht erkennen können, obwohl sie von ihnen umzingelt sind. Rückgratlose Umfaller, die beim geringsten Widerstand alles nie „so gesagt" oder nie „so gemeint“ haben oder sich nicht erinnern können.

In meinen Augen ist die Politik auf dem Weg in den Abgrund. Wenn Politik der einzige Bereich wird, in dem nicht das Erreichte zählt, sondern nur das Erzählte reicht, dann können wir mit Fug und Recht feststellen: Wir haben es verkackt!

Wie löst man eigentlich Probleme?

Schon Loriot hat gesagt, dass man gewisse Probleme nur von „oben“ betrachten kann. Sprich, dass man, wenn man die Verantwortung für Millionen Menschen trägt – beziehungsweise übertragen bekommen hat, um genau zu sein –, seinen Blick nicht ständig von linken oder rechten Ideologien verkleistern lassen kann.

Ideologen können niemals gute Diplomaten sein und sie können auch keine guten Problemlöser sein. Für Diplomatie und Lösungen benötigt man seit Menschengedenken vor allem Logik, Rationalismus und gesunden Menschenverstand. Man darf ja niemals unser Parteiensystem anzweifeln, ohne sofort als Scheichsbürger, Putinproll oder Zerschwörungstheoretiker beschimpft zu werden.

Und natürlich landet man mit solchen Zweifeln sofort auf irgendeiner Liste des Verfassungsschutzes und verliert eventuell sogar sein Bankkonto. Aber eigentlich ist das nur ein Grund mehr, massiv an unserem Parteiensystem zu zweifeln. Denn alles, was man nicht hinterfragen darf, ist ja schon vom Prinzip her totalitär und hat in einer liberalen Demokratie nichts zu suchen.

Deswegen zweifele ich vehement … wobei, nein, das stimmt so nicht. Ich bin zutiefst davon überzeugt, dass unser Parteiensystem schon lange nicht mehr die richtigen Menschen in entscheidende Positionen bringt. Denn in einer Partei kommt man nur mit Linientreue und Ideologie ganz nach oben. Und wenn solche Menschen dann in Positionen sind, in denen sie für uns entscheiden können und sollen, sind nach jahrelangem Training nur zwei Fähigkeiten wirklich ausgeprägt: Linientreue und Ideologie.

Bundeskanzler-Casting

Könnten wir die mächtigste Position im Staat nicht anders besetzen? Früher hat das gefühlt ja noch irgendwie funktioniert, aber seitdem wir vorrangig auf haarlose männliche Vertreter zurückgreifen, ist der Wurm drin. Wie wäre es mit einem landesweiten Casting, nur ohne Singen? Ausführliche IQ-Tests, moralische Gutachten, Beständigkeit von Werten, Auffassungsgabe, Belastbarkeit, historisches Wissen …

All das wird explizit abgefragt und der, die, das Beste setzt sich durch. Am Ende kann ja dann immer noch eine Wahl unter den fünf Besten stattfinden, schließlich entscheidet ja in einer Demokratie immer noch „Demos“, also das Volk.

Aber könnten wir nicht erstmal sicherstellen, dass wir unter integren, intelligenten, gebildeten Menschen auswählen und nicht irgendjemand bekommen, der sich einfach nur jahrzehntelang durch irgendwelche Hinterzimmer intrigiert hat? Ich meine, außer Jeff Bezos schickt ja auch niemand irgendwelche Minderleister ins All.

Gebt mir bitte einen klugen Philosophen (nein, nicht Habeck, ich sagte „kluger“ Philosoph) oder einen intelligenten, charismatischen ehemaligen Olympiasieger, der weiß, wie man gewinnt. Oder einen brillanten Selfmade-Millionär, der das Amt aus Idealismus übernimmt und nicht nur deswegen, weil er sonst ins Bürgergeld fallen würde.

Gebt mir einen starken Menschen, der die Freiheit und die Gerechtigkeit liebt, und nicht mehr einen Komplex auf zwei Beinen, der seine defizitäre Persönlichkeit mit Macht ausstopfen muss, um nicht jeden Morgen weinend vor dem Spiegel zusammenzubrechen. Gebt mir einen Menschen mit Herz, Hirn und Humor.

Irgendwo wird es einen geben, da bin ich mir sicher. Ihr müsst nur besser suchen. Nur halt nicht in politischen Parteien, sondern dort, wo echte Menschen sind.

Ich will die Scheidung!

Warum scheitern so viele Ehen? Ich glaube deswegen, weil vor der Hochzeit bisweilen ein völlig anderer Eindruck erweckt wird als nach dem Standesamt. Kaum hat sie den Ringer am Finger, wird aus der immer rattigen Geliebten eine lustlose nörgelnde Mutti, die dich maximal einmal die Woche nach dem Tatort ranlässt und nach ein paar Jahren nur noch am Namenstag und an Weihnachten.

Und wenn sie jetzt das Gefühl haben, dass hier persönliche Verbitterung des Autors durchklingt, dann kommt das genauso wenig von ungefähr wie meine drei Ehen.

Aber andersrum ist es natürlich oft genauso. Aus dem charmanten Kavalier wird recht zügig ein Volltölpel, der Dinge sagt wie: „Meine Frau behauptet, ich hätte ihren Geburtstag ruiniert. Das ist lächerlich, ich wusste nicht einmal, dass sie Geburtstag hat.“

Doch wissen Sie, an was mich das erinnert? Ist es nicht bei unseren Politikern genauso? Vor der Wahl rattig, mutig und zuvorkommend, nach der Wahl ein völlig anderer Mensch. Das Brechen von Wahlversprechen ist ja inzwischen schon so üblich, dass sich kaum noch jemand darüber aufregt.

Nur, was macht das dann alles für einen Sinn? Ist das Demokratie? Du wirst dreist angelogen und kannst dich dann vier Jahre lang nicht scheiden lassen? Da waren ja meine Ehen noch besser.

Schaum ist nicht gleich Schaum

2025 tobte der Wahlkampf in der Bundesinsolvenz Windradland, und man sehnte inbrünstig den Wahltag herbei, schon allein, weil man die Fressen nicht mehr sehen konnte. 24/7 grinste einem süffisant unsicher ein Robert Habeck entgegen, der dann Dinge sagte wie „Unsere Hoffnungen streifen die Ränder der Zuversicht." und „Die Basis ist das Fundament unserer Demokratie." Oder war es: „Das Fundament ist die Basis unserer Demokratie."?

Es ist eigentlich auch egal, es ist sowieso alles nur Wortschaum, der unsere Gehirne verkleistern soll, so wie der Bauschaum, den Putin in einer streng geheimen Aktion – BILD liegen exklusiv die super geheimen Geheim-Dokumente dazu vor – in diverse Auspuffrohre gefüllt hat.

Aber natürlich verwendete nicht nur der grüne Erlöser, den schon seine Eltern bei der Geburt eigentlich Kalenderspruch nennen wollten, schwammigen Wortschaum. Auch ein Friedrich Merz tat das. Nur anders. Beim Kalenderspruch sabberte der Schaum mehr so raus, während die Vulva-Glatze den Schaum mehr so eruptionsartig hervorpresste: „Ich lasse mir doch nicht von Amerika, der AfD, den Grünen, der SPD und so weiter sagen, was ich zu tun habe.“

Es gäbe noch so viel mehr Beispiele für diesen ganzen Wortschaum, und irgendwie muss ich sagen: Da war selbst der strenge geheime Bauschaum sinnvoller.

Immer diese Untertreibungen

Ein Bundeskanzler, der noch nicht mal im Amt ist, verändert mit einem Parlament, das bereits abgewählt und schon vom Bundespräsidenten verabschiedet ist, das Grundgesetz? Also, ich bin kein Experte, aber es gibt bewaffnete Banküberfälle, die für mich seriöser klingen.

Es gibt ja hysterische Stimmen, die behaupten, unsere Politiker wären einfach nur ein gewissenloses Lumpenpack mit einem Vulva-Glatzen-Anführer, der das Wort Gewissen noch nicht einmal buchstabieren kann. Ich halte nichts von solchen Untertreibungen. Man hat uns in eine dermaßen perfide Falle gelockt, dass es ob des Ausmaßes schon wieder fast lustig ist, denn die Dreistigkeit ist schier atemberaubend.

Man hat uns einen politischen Wandel versprochen, ein Ende des Ampel-Wahnsinns und eine Rückkehr zur Vernunft, und sofort, als man sich die nötigen Stimmen erlogen hatte, hat man in den Ampel-hoch-zehn-Modus geschaltet und die grünste Politik seit dem Urknall installiert.

Spätestens seitdem muss man unsere Demokratie-Simulation massiv hinterfragen. Mir schwebt etwas Ähnliches wie eine Aktiengesellschaft vor. Einmal im Jahr wird die Führung von den Aktionären entlastet oder eben nicht. Dieses alberne Schein-Wählen alle vier Jahre sparen wir uns dann. Die Vulva-Glatze aus dem Kleinflugzeug kennt das ja von seinem schwarzen Felsen. Warum er da wohl nicht mehr ist?

Merz laschet rum

Drei Wochen vor der Bundestagswahl 2025 twitterte Friedrich Merz folgendes:

> *„Wir werden mit der AfD nicht zusammenarbeiten. Nicht vor der Wahl, nicht nach der Wahl, niemals. Wir wollen sie wieder klein machen, wir wollen sie zu einer Randerscheinung machen.“*

Und das war der Moment, wo ich mir sicher war, dass Frau Merz ihr Veto eingelegt hat. Anscheinend hatte Fritzes Manneskraft während des kurzen Wahlkampfes dermaßen nachgelassen, dass Frau Merz einfach genug hatte. Sicher fühlt sie sich zu jung für ein Leben an der Seite eines Kanzler-Eunuchen. Deswegen hat sie sicher diesen Tweet diktiert oder womöglich sogar selbst verfasst.

Denn jede Lebensform mit zumindest einer halben Gehirnzelle weiß schließlich, dass ein Staatsdiener sich niemals so äußern darf. Denn ein echter Demokrat weiß schließlich, dass er sich dem Wählerwillen zu beugen hat und nicht der Sonnenkönig per Erbrecht ist.

Vielleicht ist Frau Merz aber auch glühende Anhängerin der AfD und möchte sie unbedingt über die 50-Prozent-Hürde pushen, damit ihr entrückter Gatte eine Lektion in Sachen Demokratieverständnis erhält. Man weiß es nicht. Auf jeden Fall setze ich große Hoffnung in diese Frau. Ja, ich glaube, zumindest sie kann Kanzler.

Arme Frau Merz

Ob Herr Merz am Altar seiner Frau versprochen hat, sie zu lieben und zu ehren, in guten wie in schlechten

Zeiten? Dann muss sie sich wohl Sorgen machen. Wobei, das muss sie sowieso, völlig egal, was er versprochen hat, was er verspricht oder versprechen wird.

Wie muss das für eine Frau sein, wenn sie feststellt, dass ihr Mann ohne Rückgrat, Eier und Gewissen geboren wurde? Ist das dann noch toll, die First Lady zu sein, wenn der Mann ein politischer Eunuch ist? Frau Merz ist übrigens Richterin. Wird also täglich belogen, wahrscheinlich hält sie es deswegen seit 1980 mit ihrem Fritze aus und hat sogar den Verlust von 93 Prozent seines Haupthaares überwunden. Deswegen heißt die Vulvaglatze ja auch 007 in Berlin.

0 Regierungserfahrung

0 Sympathien bei Frauen

7 Prozent Resthaar noch vorhanden.

Aber seien Sie ehrlich, am Ende des Tages fragen wir uns doch nur zwei Dinge in Bezug auf diesen Zufallskanzler:

1. Was weiß Mutti Angela?
2. Wann packt sie es aus?

Die Kanzler-Frage

„Wo ist Behle?“ Können Sie sich noch an diesen Satz erinnern? Bei den Olympischen Winterspielen 1980 war der Langläufer Jochen Behle in Deutschland noch weitgehend unbekannt. Das änderte sich mit einem einzigen Rennen. Seinen Ruhm hat der Skilangläufer einem Sportkommentator zu verdanken.

Im Laufe seiner aktiven Karriere nahm Jochen Behle an sechs Olympischen Winterspielen, acht Weltmeisterschaften und unzähligen Weltcup-Rennen teil, dazu wurde er 24-mal Deutscher Meister. Doch bekannt wurde der Skilangläufer Jochen Behle vor allem durch ein einziges Rennen: seinen 15-km-Langlauf 1980 bei den Olympischen Spielen in Lake Placid. Behle war damals erst 19 Jahre alt und in Deutschland weitgehend unbekannt. Das änderte sich schlagartig mit diesem Rennen. Großen Anteil daran hatte der Sportreporter Bruno Moravetz, der damals den Wettkampf live im *ZDF* kommentierte. Immer wieder rief er in sein Mikrofon: „Wo ist Behle?“

Der Langläufer war während des Rennens kaum im Bild zu sehen, deswegen stellte Moravetz immer wieder diese Frage: „Was ist mit Behle? Wo ist Behle? Wir wissen nichts, wir sehen ihn nicht. Behle ist weg.“ Dadurch wurde der junge Sportler auf einen Schlag berühmt.

Der mittlerweile verstorbene Kommentator Bruno Moravetz erklärte die Abwesenheit Behles in der Übertragung später damit, der Regisseur habe den jungen Sportler einfach nicht gekannt und ihn deswegen nicht gezeigt. So musste Moravetz selbst immer wieder nach ihm Ausschau halten: „Behle haben wir noch nicht gesehen. Haben sie was gegen Behle oder ist er nicht da oder was ist denn los?“, fragte er mit zunehmender Verzweiflung. Behle kam schließlich als Zwölfter ins Ziel – und war fortan den Deutschen ein Begriff. Daran hatte der Kommentar von Moravetz freilich einen deutlich größeren Anteil als die sehr gute Platzierung bei seinem ersten großen Rennen.

Anfang Mai 2025 wollte ich einem anderen hoffnungsvollen Nachwuchstalent dieselbe Ehre erweisen und die Frage stellen: „Wo ist Merz?“ Warum sahen und hörten wir nichts von ihm? In der Woche drauf wollte er sich zum Kanzler wählen lassen, wofür er 316 Stimmen zur sogenannten Kanzlermehrheit benötigte. SPD und CDU/CSU verfügten aber nur über 328. Hoffentlich würde die Zahl 13 nicht zu einer

Unglückszahl für den blutjungen Friederich. Denn wenn nur 13 schwarz-rote Abgeordnete nicht für ihn stimmten, müsste Mister Muschi-Gedächtnisfrisur auf Stimmen der AfD, von den Linken oder den Grünen hoffen – und das schien mir relativ hoffnungslos. Also fragte ich mich: Wo ist Merz?

Erinnern Sie sich noch, was Donald Trump 2024 sofort nach seiner Wahl bereits losgetreten hat? Und das, obwohl er erst im Januar 2025 offiziell zum Präsidenten gekürt wurde. Nun, 007 war erstmal in den Urlaub gegangen. Wahlkampf und Koalitionsgespräche waren so hart gewesen, dass er jetzt erstmal wieder die Akkus aufladen musste. Donnerlittchen, dachte ich, nicht, dass wir uns da einen deutschen Joe Biden eingehandelt haben?

Unser blutjunger Vielleicht-Kanzler, überlegte ich, war ja nun auch schon 70 Jahre alt. Hoffentlich würde er nicht auch bald am Rednerpult irrlichtern und Putin mit Selenskyi verwechseln oder Dinge erzählen, die nicht mal er versteht. Schlimmstenfalls sogar vergessen, uns zu belügen!?

Nein, das musste unbedingt verhindert werden. Gut, dass er sich nochmal Urlaub genommen hat. Ich frag mich nur, wer hat den eigentlich genehmigt?

Fritze heißt er, ist Bademeister ...

Ach ja, hätte sich unser so beliebter Friedrich Merz doch lieber als Bademeister beworben anstatt als Bundeskanzler. Vielleicht wäre ihm dann diese Demütigung erspart geblieben. Wobei in seinem Alter, der Mann ist ja schließlich Jahrgang 1955 ... Und wer weiß, wie seine schwimmerischen Fähigkeiten sind. Okay, dann vielleicht eben als Kioskbesitzer im Freibad ... obwohl bei all diesen gewaltbereiten Fachkräften muss man vielleicht auch ein bisschen wendiger in der Hüfte sein als unser sympathischer Schlaks von der linksgrünen CDU.

Wie auch immer, ich denke, Sie wissen, auf was ich hinauswill. Durch seine unbedachten politisch/beruflichen Ambitionen geht der Mann mit der diskussionswürdigen Frisur jetzt als erster Loser-Bundeskanzler in die deutsche Geschichte ein, der jemals im ersten Wahlgang die Kanzler-Mehrheit verfehlte und der per hektischen Aktionismus noch am selben Tag einen zweiten Wahlgang durchprügelte, der dann, oh Wunder, plötzlich 15 Stimmen mehr einbrachte.

Sprich, 15 Abgeordnete haben innerhalb von wenigen Stunden ihre wohlüberlegte Gewissensentscheidung verworfen, sich um 180 Grad gedreht, also halb so viel wie von Annalena Baerbock gefordert, und dann doch für den Friederich gestimmt.

So viel Flexibilität sagt viel über die Gewissensentscheidungen unserer Abgeordneten aus. Oder über ihre Käuflichkeit, wie böse, gesichert schwurbelextreme Stimmen natürlich sofort wieder behaupten. Dabei weiß doch hierzulande jeder: Korrupt sind immer nur die anderen.

Warum will man unbedingt Kanzler werden?

Warum will man Kanzler sein, wenn man dafür lügen und betrügen muss? Wenn man dafür sinnlose Bündnisse eingehen muss, die nicht das Geringste mit der eigenen politischen DNA zu tun haben? Wenn man dafür wirklich alle Prinzipien und Werte über Bord werfen muss, die man vielleicht mal hatte? Wenn man sich dafür demütigen und vorführen lassen muss?

Weil man unbedingt in die Geschichte eingehen möchte, koste es, was es wolle? Na ja, kommt es nicht auch darauf an, als WAS beziehungsweise WER man in die Geschichte eingeht? Der erste Kanzler, der nicht im ersten Wahlgang die Kanzlermehrheit erreicht hat. Der erste Kanzler, der schon vor Amtsantritt unbeliebter war als sein Vorgänger, der immerhin der unbeliebteste Kanzler der Geschichte war. Der erste CDU-Kanzler, der einfach ohne Not die gescheiterte linksgrüne Politik fortsetzt, die das ganz Land nervt.

Der erste Kanzler, der keine Angst vor einem Atomkrieg mit Russland hat. Ein Zitat, das wirklich gute Chancen hat, in die Geschichte einzugehen. Als eine der dümmsten Aussagen, die je ein Politiker von sich gegeben hat. Und das ist wahrlich eine Leistung. Also, warum will man unbedingt Kanzler werden? Vor diesem Hintergrund? Wenn man 70 Jahre alt ist und anscheinend schlecht gealtert, da man schon Urlaub benötigt, bevor man überhaupt mit der Arbeit begonnen hat. Als diese Zeilen entstanden, waren Sie seit vier Tagen im Amt, Herr Merz. Und es war bereits jetzt der kälteste Merz seit Beginn der Temperaturmessung.

Wenn man sich sogar wünscht, ein Vasall zu sein

Was haben wir uns alle danach gesehnt, endlich Olaf Scholz als Kanzler loszuwerden.

Und obwohl wir vorher schon wussten, dass Friedrich Merz sein Nachfolger werden wird, ist es jetzt doch irgendwie niederschmetternd. In der Theorie war alles besser als der maximal arrogante Olaf, aber in der Realität fand ich den Vulva-Glatzen-Fritze schon nach wenigen Tagen so schlimm, dass ich mir eigentlich jetzt schon wieder Neuwahlen wünschte.

Und ich beneide das allererste Mal in meinem Leben die Amerikaner. Wie schön muss es sein, wenn der erste Mann im Staat sich für Frieden, Meinungsfreiheit und innere Sicherheit einsetzt. Die ersten Sätze unseres Wahlgewinners waren: „Das habe ich so nicht gesagt.“ und „Die Brandmauer steht.“

Es hieß doch immer, dass wir nur ein Vasallen-Staat von Amerika sind. Aktuell wäre ich echt lieber ein amerikanischer Vasall als der Untertan eines kriegsgeilen, ewiggestrigen Mannes mit maximal peinlicher Frisur, ohne Haltung und Ehre.

Fritze bei Donald

Unser Zufallskanzler ohne Kanzlermehrheit war Juni 2025 zu Besuch bei Onkel Donald, und die Angst war groß, dass er den Pöppes voll bekommt. Schließlich kanzlert er ein Land, das der neuen amerikanischen Führung in Sachen Meinungsfreiheit und Behandlung der Opposition recht wenig gefällt.

Umso spürbarer war die Erleichterung bei der linksgrünen Kanzlerpresse, dass es für Merzens Fritze glimpflich ausging. Schließlich braucht man händeringend jedes kleine Fitzelchen an positivem Narrativ, um die katastrophalen Missstände hierzulande irgendwie schönzureden.

Und wenn es nur die Tatsache ist, dass der so sehr nach Liebe suchende Zufallskanzler besser Englisch spricht als der epochale Totalausfall Annalena Baerbock, mit der am Ende nicht mal mehr der Greenkeeper des Weißen Hauses sprechen wollte. (War sie eigentlich jemals eingeladen während ihrer Amtszeit?)

Also Entwarnung, diesmal wurde unser Mann mit der zweifelhaften Frisur verschont. Apropos, gibt es eigentlich Merz-Fans, die sich seine Frisur schneidern lassen? Na ja, auf jeden Fall war alles Roger im Oval Office. Die Backpfeifen blieben aus. Die Frage ist nur, was musste unser Zufallskanzler dafür Onkel Donald versprechen?

Allmächtiger Alleinentscheider

Was ist eigentlich Demokratie? Im Grundgesetz wird dieser Begriff wie folgt ausgedrückt:

> *„Die Bundesrepublik Deutschland ist ein demokratischer und sozialer Bundesstaat. Alle Staatsgewalt geht vom Volke aus. Sie wird vom Volke in Wahlen und Abstimmungen und durch besondere Organe der Gesetzgebung, der vollziehenden Gewalt und der Rechtsprechung ausgeübt."*

Alle Staatsgewalt geht also vom Volke aus und dieses Volk drückt seinen Willen durch Wahlen aus. Über 10,3 Millionen Wähler haben die AfD gewählt, aber all diese Stimmen werden ignoriert, ausgegrenzt und nichtig gemacht von einem Friedrich Merz, der im Laufe seines politischen Lebens auch mal der Meinung war, dass Vergewaltigung in der Ehe legal sein sollte, der eine Steuererklärung auf einem Bierdeckel machen wollte (was ungefähr genauso seriös ist wie Mails von nigerianischen Milliarden-Erben), der keine Angst vor einem Atomkrieg mit Russland hat?

Aber mit welcher Berechtigung? Ohne die CSU hat die CDU gerade mal 12 Sitze mehr im Bundestag als die AfD. Und dieses Dutzend macht Herrn Merz zum allmächtigen Alleinentscheider, der den Willen von über 10,3 Millionen Wähler ignorieren darf? Der einfach weiter eine Politik vorantreiben darf, die man nur als gescheitert bezeichnen kann. Eine Politik, die uns in der Welt komplett isoliert hat, die unseren Wohlstand vernichtet, die innere Sicherheit und die Zukunft unserer Kinder gefährdet?

Also, wenn DAS Demokratie ist, dann möchte ich das nicht.

Kennen Sie ... ?

Wie stellen Sie sich einen Apparatschik in einem totalitären Staat vor? Also, ich hätte da jemand vor Augen, der noch nie in seinem Leben in einem realen Job gearbeitet, sondern sein Leben der Partei gewidmet hat. Trotzdem hält sich so jemand natürlich trotzdem für befähigt, alle auch nur denkbaren Ämter auszufüllen.

Zum Beispiel das Amt eines Finanzministers, obwohl die einzige Vorqualifikation ein Magister in den Fächern Politikwissenschaft, Geschichte und Soziologie ist. In meiner Vorstellung ist so jemand mit einer Frau verheiratet, die Geschäftsführerin einer NICHT-Regierungsorganisation ist, welche Geld von der Regierung erhält. Wenn dann jemand Fragen stellt, warum eine NICHT-Regierungsorganisation Geld von der Regierung bekommt und wofür, rastet unser Apparatschik natürlich komplett aus, spricht von einem bösen Foul und setzt Himmel und Hölle in Bewegung, damit diese Frage nicht beantwortet wird.

So ein Apparatschik hat zwar ehrenvoll einst den Wehrdienst verweigert, setzt sich heute aber trotzdem für mehr Geld für die Bundeswehr ein und äußert sich immer wieder kriegsgeil. Wahrscheinlich, weil er weiß, dass Apparatschiks ja nie in einen Krieg müssen, oder weil sein Wahlkreis an den Rheinmetall-Standort Unterlüß angrenzt. Und, um das Bild abzurunden, war der klischeehafte Apparatschik früher auch in einer gewaltbereiten Organisation, die Andersdenkende unterdrückt hat, wie zum Beispiel der Antifa.

Ja, so stelle ich mir den Bilderbuch-Apparatschik in einem totalitären Schurkenstaat vor. Aber jetzt mal eine völlig andere Frage: Kennen Sie eigentlich Lars Klingbeil?

Herr Klingbeil, bitte buchstabieren Sie mal „NICHT"

Unser potenzieller Vulva-Glatzen-Kanzler hatte den Verdacht, dass diese ganzen gruseligen Demos gehen Rääächtz eventuell durch Steuergelder finanziert waren, und hat eine entsprechende Anfrage an die scheidende Ampel-Hampel-Regierung gestellt.

Und siehe da, das gesamte linke Wokistan der unerbittlichen Berufsverweigerer rastet komplett aus und schreit Zeter und Mordio. Wenn Bellen den getroffenen Hund verrät, haben wir es hier mit dem wahrscheinlich größten Hund der Menschheitsgeschichte zu tun.

Und damit ist die Antwort eigentlich schon gegeben. Deutschland steckt tief in einem linksgrünen Sumpf, der uns auf der einen Seite immer mehr Steuern abpresst, um sie auf der anderen Seite den nützlichen Idioten mit Problempony und Freitags-nie-da-Schulbildung in den Rachen zu stopfen.

Das ist dermaßen unlauter, dass es einfach nur wahr sein kann, denn bei linksgrün hat der Betrug einfach Methode. Egal, ob Lebenslauf, Doktorarbeit oder Graichen-Clan, in den Schein wird immer mehr Energie investiert als in aufrichtige Arbeit.

Und wie sehr müssen die Ideologie-Synapsen ausgefranst sein, wenn man nicht verstehen kann, dass NICHT-Regierungsorganisationen kein Geld von der Regierung bekommen können. Ich meine, wenn die Botschaft schon im Namen steckt? Man erwartet ja von einem Luftraum-Erhitzer auch nicht, dass er einem die

Steuererklärung macht. Okay, bisschen schiefe Metapher, aber ich denke, Sie verstehen meinen Punkt.

Und ich bin ja nur ein Fuzzi, aber warum muss man für so etwas überhaupt eine Anfrage stellen? Ich bin immer davon ausgegangen, dass bis auf den letzten Cent transparent gemacht werden muss, was mit dem Geld der Steuerzahler passiert? Mich verwundert eher, dass dem nicht so ist.

Dass der Langzeitarbeitslose SPD-König Lars Klingbeil – der früher bei der Antifa war – am lautesten über die Anfrage schimpft, könnte eventuell daran liegen, dass seine Ehefrau selbst eine staatlich geförderte Nicht-Regierungsorganisation leitet, die Demos gegen Rääächtz organisiert hat, obwohl … Sie haben Recht, das ist schon extrem weit hergeholt. Bitte verzeihen Sie mir mein Geschwurbel.

Wenn Umfragen nur noch Satire sind

Die Linken-Fraktionschefin Heidi Reichinnek war im April 2025 erstmals in einer Umfrage die beliebteste Politikerin in Deutschland. Die 37-Jährige überholte im Ranking des Meinungsforschungsinstituts INSA-Consulere im Auftrag der *BILD-Zeitung* erstmals die ehemalige Bundestagspräsidentin Bärbel Bas (SPD) und die FDP-Europaabgeordnete Marie-Agnes Strack-Zimmermann.

Darüber regten sich nun alle auf und waren der Meinung, dass das ja wohl nur ein Witz sein könne. Und das war doch natürlich auch so. Denn wenn man an Beliebtheit Bärbel Bas und Marie-Agnes Strack-Zimmerfrei überholt hat, dann ist das ungefähr so, als wäre man schneller als eine Schildkröte und eine schwere vollbeladene Mülltonne. (Sie wissen schon, diese großen containerartigen Mülltonnen, die sich so schwer schieben lassen, weil irgendwie IMMER die Räder verkantet sind.)

Eigentlich hätte die Schlagzeile lauten müssen: „Ein Alptraum – keinerlei Lichtblick unter Deutschlands Politiker-Damen. Eine schlimmer als die andere. Aktuell ein Problem-Pony am wenigsten schlimm“ – Sie sehen, an mir ist ein Headline-Künstler verloren gegangen.

Ich kann vor solchen Umfragen nur warnen. Habe auch gerade eine Umfrage unter meinen weisungsgebundenen Mitarbeitern gemacht, wer charakterlich der tollste Mensch im Raum ist, und habe mit 123 Prozent gewonnen. (Es war noch eine nicht weisungsgebundene Besucherin anwesend, die kein Deutsch versteht.) Hätte man die Umfrage unter meinen Ex-Frauen gemacht, wäre das Ergebnis wohl anders. 101 Prozent oder so.

Die Weinkönigin, die es schaffte

Falls Sie sich fragen, warum sich alle so um gewisse Posten im Bundestag kloppen, hier ein kleiner Auszug aus Wikipedia:

> *„Der Bundestagspräsident erhält die doppelte Diät eines Bundestagsabgeordneten, aktuell 22 454,40 Euro pro Monat (seit 2024, Abgeordnetenentschädigung) sowie zusätzliche Pauschalen (steuerfreie Kostenpauschale von 5349,58 Euro, Amtsaufwandsentschädigung von ca. 1000 Euro); die Vizepräsidenten erhalten jeweils die anderthalbfache Diät, seit 2024 16 840,80 pro Monat plus Pauschalen.“*

2025 hat die fesche Julia Klöckner das Rennen um die fast 270 000 Euro im Jahr gemacht. Und wenn die kleinste große Koalition aller Zeiten die gesamte Legislaturperiode übersteht, dann sackt unsere ehemalige deutsche Weinkönigin sogar eine satte Million ein. Ich hab mal Wikipedia gefragt, wie so eine Turbo-Karriere denn überhaupt möglich ist. Das war die Antwort:

> *„2009/2010 absolvierte Klöckner das Young Leader Programm des American Council on Germany, ein Partnerprojekt der deutschen Denkfabrik Atlantik-Brücke und des American Council on Germany für aufstrebende politische und wirtschaftliche Führungskräfte.“*

Bei diesem Young Leader Programm hat übrigens auch Annalena Baerbock mitgemacht. Sollten Sie sich also dafür interessieren, seien Sie gewiss: Gutes Englisch ist nicht vonnöten. Gutes Deutsch auch nicht.

Der Großwesir von Thüringen

In Thüringen herrscht seit Ende 2024 ein weiser kleiner König namens Mario Voigt. Den kennen Sie gar nicht? Googeln Sie ihn mal bitte. Selten gesellten sich Anmut und Anständigkeit mehr im Antlitz eines Mannes ohne Hals.

Dieser Mario ist so weise, dass er sowohl Professor als auch Doktor ist. Wahrscheinlich sogar Großwesir, aber das ist nicht eindeutig überliefert. Und obwohl er die Wahl in Thüringen krachend verloren hat, hat er sich zum Ministerpräsidenten küren lassen. Er ist quasi der Gewinner des olympischen Tennisturniers by Walkover. (Oh weh, ich befürchte, darüber können jetzt nur Tennis-Fans und Boris Becker lachen. Aber der hat ja eh nicht mehr viel zu lachen.)

Wie auch immer, natürlich erregt ein Ministerpräsident, Großwesir, Professor und Doktor viele viele Neider und diese Schufte behaupten jetzt, der einzigartige Mario hätte sich seine Titel durch Plagiatieren und Schummeln erschummelt. (Oh, da hat sich ein zweites Schummeln reingeschummelt? Aber ich denke, ich habe meinen Punkt deutlich gemacht, oder? Und im Zusammenhang mit Herrn Voigt kann man das Wort Schummeln nicht oft genug reinschummeln.)

Nun, auf jeden Fall prüft die zuständige Uni schon ergebnislos seit acht Monaten, und vielleicht wird der charismatische Mario auch hier wieder Einzigartiges leisten: Als erster Politiker, der post mortem rehabilitiert werden wird. Und ich spreche hier von einem natürlichen Ableben in möglichst vielen Jahrzehnten.

Wenn es diese Uni bis dahin noch gibt und sie nicht wegen offenkundiger Schummeleien geschlossen wurde, wird sie den Bericht über Herrn Voigt natürlich nicht veröffentlichen. Denn über Verstorbene spricht man nicht schlecht.

Wer zahlt, schafft (fast) immer an

Wer ist denn eigentlich immer der, der das Sagen hat? Doch der, der bezahlt? Wer zahlt ,schafft an. Das lernt man schon sehr früh und man bekommt es auch immer und immer wieder bestätigt im Leben.

Das fängt mit den Eltern an und hört mit dem unfähigen Chef noch lange nicht auf. Der Finanzier hat immer automatisch eine Legitimation. Völlig egal, ob er dumm wie drei Reihen Salat oder einfach nur glockendoof ist.

Klar kann man das ablehnen und sich dagegen auflehnen, nur geht man dann halt recht mittellos nach Hause, also zumindest solange man sich noch ein Zuhause leisten kann, bevor man sich endlich ins Bürgergeld fallen lassen und aufgeben kann.

Ja, Geld regiert die Welt, und wer zahlt, schafft an. Nur beim deutschen Steuerzahler wird irgendwie eine Ausnahme gemacht.

Das liebe Geld

Die Regierung der Bundesinsolvenz Impfland macht permanent mehr und mehr Schulden und brüllt jeden nieder, den das nachdenklich macht. Dabei werden ständig neue Einnahmen-Rekorde erzielt, sprich, obwohl unsere Politik-Darsteller ständig mehr Geld zur Verfügung haben, kommen sie immer schlechter damit aus.

Also, mich erinnert das an den verwöhnten, unreifen, ständig betrunkenen Oligarchen-Sohn Vanja aus dem oscarprämierten Film „Anora“, aber nicht an eine verantwortungsvoll geführte Regierung.

Wohin wird ein Verhalten führen, das kein Steuerzahler auch nur einen Tag lang leben dürfte? Kein Steuerzahler kann zu seiner Bank gehen, sie auslachen und sagen: „Wenn sie meine Schulden bremsen wollen, sind sie ein ideologischer Faschist.“

Hat Geld in den Händen eines Staates plötzlich einen anderen Wert? Warum dürfen wir nicht genauso agieren? Warum dürfen das Unternehmen nicht? Warum darf nicht jeder sein Geld selbst drucken? Wie soll das noch irgendein Mensch verstehen?

Wenn auf der einen Seite immer neue Einnahmen-Rekorde erzielt werden, weil die Menschen hierzulande Steuern zahlen müssen, als gäbe es kein Morgen, und auf der anderen Seite Brücken zusammenbrechen, weil kein Geld da ist, dann stimmt doch auf der Ausgabenseite etwas nicht.

Warum schaut sich das denn niemand mal an? Warum lese ich täglich von neuen Schulden, aber niemals von neuen Einsparungen? Wir zahlen inzwischen täglich über 100 Millionen Zinsen für unsere Schulden. TÄGLICH!!! Das sind 37,4 Milliarden im Jahr. Niemand kann mir erzählen, dass das eine tolle Sache ist!

7. Deutschland – mir graut vor dir

Wie kann man Menschen dazu bewegen, ihre ganze Freiheit oder Teile davon aufzugeben? Individuelle Freiheit ist das größte Gut einer liberalen demokratischen Gesellschaft. Nicht umsonst versuchen totalitäre Schurkenstaaten, auf die wir so gerne mit unserem Bacon-of-hope-Finger zeigen, alles, um die Freiheit des Einzelnen einzuschränken und eine möglichst flächendeckende Überwachung durchzusetzen.

Der ideale Bürger für ängstliche Machthabende ist der komplett Gläserne. So kann man zum einen Schlüsse für den Machterhalt ableiten, zum anderen kritische Geister schon früh mundtot machen. Denn Kritik halten ängstliche Machtinhaber ganz schlecht aus. Und totalitäre Machthaber sind immer ängstlich, da sie tief im Inneren wissen, dass ihre Macht auf Unrecht beruht.

Also, wie bekommt man Menschen dazu auf ihre Macht zu verzichten? Die Antwort ist immer Angst. Die Angst vor irgendwas muss größer sein als der Wille zur Freiheit. Und manchmal hat man fast das Gefühl, Fledermausia war einfach nur ein Test, wie sehr man heutzutage Schlafschafe durch Angst lenken kann. Und als sie Menschen gesehen haben, die allein im Auto saßen und trotzdem eine Maske trugen, wussten sie, dass sie sehr weit gehen können. Jetzt zünden sie die nächste Stufe.

Je mehr die Schlafschafe Angst vor einem Angriff eines imaginären Pöhsen haben, desto mehr Überwachung werden sie akzeptieren. Denn es ist ja nur zu ihrem Besten. Deutschland – mir graut vor der Zukunft.

Worte sind keine Taten!

„Deutschland ist doch kein totalitärer Staat, Oli!? Also, da muss man echt auch mal die Kirche im Kloster lassen.“ Das höre ich oft. Speziell von Menschen, die die Bundesinsolvenz Impfland noch nie verlassen haben. Und wenn doch dann nur zum alljährlichen Ballermann oder Toscana-Trip. Je nach Geldbeutel und Vorliebe.

Nun ja, ich denke, die Apparatschiks der Stasi haben sich auch recht pudelwohl gefühlt, so wie alle Menschen in totalitären Staaten, die einfach tun, was man ihnen sagt, nie etwas hinterfragen und schön die Klappe halten, selbst, wenn himmelschreiendes Unrecht direkt vor ihren Augen geschieht.

Aber ich finde, man sollte schon das Große und Ganze im Blick haben und nicht nur sein ureigenes persönliches Wohlergehen. Denn nur weil man selbst bisher halbwegs mit heiler Haut davongekommen ist, heißt das ja nicht, dass alles in Ordnung ist. Zumindest diese Lektion sollten wir aus unserer Vergangenheit gelernt haben.

Und wissen Sie, was definitiv totalitär ist? Worte härter zu bestrafen als Taten! Frühmorgendliche Hausdurchsuchungen und Beschlagnahme von persönlichen Gütern wegen WORTEN sind quasi Totalitarismus in GROSSBUCHSTABEN! Das kann niemals angemessen sein, egal wie frech man war. Schon gar nicht, wenn noch 150 000 Haftbefehle wegen TATEN zu bearbeiten wären.

Ein klarer Fortschritt für dieses Land wäre, diese Praxis sofort wieder abzuschaffen. Jemand hat mit

Worten beleidigt, verleumdet oder üble Nachrede verübt? Okay, dafür gibt es wunderbare Gesetze, einfach eine höfliche Vorladung schicken und die Sache geht seinen Gang.

Aber eine Hausdurchsuchung ist an sich schon eine schwere Strafe mit traumatisierender Wirkung. Menschen, die das erleben mussten, reden ihr gesamtes Leben über eine solche Erfahrung. Wenn dann noch Handy und Laptop auf unbestimmte Zeit verschwinden, ist das eine weitere schwere Strafe. Gerade heutzutage. Denn das Handy ist ja schon lange kein Telefon mehr. Für die meisten Menschen ist es das ganze Leben. Die Bank-Apps, die Playlists, die Kontakte, der Kalender …

Wer zu so schweren Strafen greift, ohne dass Leib und Leben in Gefahr ist oder schwerste Straftaten vorliegen, ist definitiv eine enorme Gefahr für jede wie auch immer geartete Demokratie. Denn die Opfer sind definitiv für alle Zeiten für den jeweiligen Staat verloren. Das Vertrauen kann nie wieder hergestellt werden.

Sie finden, ich übertreibe maßlos? Okay, ein Beispiel aus meinem persönlichen Umfeld. Eine ehemalige Kollegin und alleinerziehende Mutter bekam morgens um 6 Uhr Besuch von neun(!) Herren des BKA. Die hatten einen Gerichtsbeschluss des Bundesgerichtshofes dabei, der ihr Unterstützung einer terroristischen Vereinigung vorwarf.

Ihr Haus wurde vier Stunden lang durchgepflügt, unter anderem elf Computer, Laptops, Handys und Tablets wurden beschlagnahmt, und ihr gesamtes kleines Dorf hatte für Wochen etwas zu reden.

Ihr Vergehen? Sie hatte 2015 gebrauchte Kinderkleidung an den Donbas gespendet und Freundschaft zur Vorsitzenden der Hilfsorganisation gepflegt. Der

Tipp kam vom ukrainischen Geheimdienst. Wahre Geschichte.

Bestrafe einen …

Die größte Gefahr für jede Demokratie dieser Welt – ach was, für jede halbwegs freie und gerechte Gesellschaft – sind meiner Meinung nach immer Medien, Justiz und Polizei.

Medien, die sich zu Richtern erheben, wie zum Beispiel *Der Spiegel*, und Kampagnen lostreten, wie gegen Luke Mockridge oder Till Lindemann, agieren wie Staatsanwaltschaften und überschreiten in fast schon verbrecherischer Art und Weise ihre Kompetenzen. Denn egal, ob jemand Mockridge oder Lindemann heißt, am Ende des Tages legt immer ein Mensch seinen Kopf auf ein Kissen und versucht einzuschlafen.

Gerichte, die Hausdurchsuchungen im Morgengrauen wegen Scherzen im Internet zulassen und die es gutheißen, dass lebensnotwendige Dinge wie Handys und Laptops beschlagnahmt werden, zermalmen quasi kraft ihres Amtes jegliches Vertrauen in Gerechtigkeit und Rechtsstaat.

Und Polizisten, die drölfzig Mann hoch einen jungen harmlosen Familienvater im Beisein seines Babys brutaler verhaften als einen Gruppenvergewaltiger, wie im Fall von Shlomo Finkelstein, lösen Traumata aus, die nie wieder heilen. Wenn sich diese Dinge verfestigen, die „Schwachkopf"-Strafanzeigen weiter explodieren, dann wird die Bundesrepublik Deutschland irgendwann offen mit sich selbst sein müssen und sich und der ganzen Welt erklären müssen, was sie wirklich ist. Eine DDR 2.0.

Bestrafe einen und verliere Tausende. Denn die Wahrheit bahnt sich IMMER ihren Weg.

Strafbefehl über 16 000 Euro für nix?

Der YouTuber Tim Heldt, bekannt durch seinen YouTube-Kanal Kuchen TV, bekommt aus dem Nichts einen Strafbefehl über 16 000 Euro, weil er in einem Live-Stream angeblich eine Nazi-Parole benutzt hat, die so ähnlich klingt wie „Krieg geil".

Jeder hörende Mensch kann feststellen, dass er das auf keinen Fall gesagt hat, dass keinerlei Kontext besteht, dass der Moderator nicht reagiert, dass 200 000 Zuschauer beim Livestream es nicht hören und dass auch das Transkript von YouTube es nicht wahrnimmt.

Glaubt jetzt wirklich irgendjemand von euch, dass irgendein Staatsanwalt das anders gehört hat? Ich glaube das nicht. Ich habe viele Juristen in meinem Leben kennengelernt, und man kann ihnen sicher vieles nachsagen, aber sie sind jetzt nicht die Dümmsten der Dummen. Und das ist das Beängstigende.

Kuchen TV ist ein Kanal, der sich durchaus mal über woke Menschen und linksgrüne Narrative lustig macht. Wenn hier ideologisch verblendete Vertreter unserer Judikative unliebsame Bürger einschüchtern wollen und dafür ihre Macht missbrauchen, dann haben wir ein sehr viel größeres Problem als einen schludrigen Staatsanwalt, dann haben wir einen Staat, der Sie nachts nicht mehr schlafen lässt.

Dann haben wir einen Staat, in dem vielleicht doch stimmt, was einst der innenpolitische Sprecher der Berliner Grünen Benedikt Lux, zumindest über Berlin, sagte:

> *„Wir haben die gesamte Führung fast aller Berliner Sicherheitsbehörden ausgetauscht und dort ziemlich gute Leute reingebracht. Bei der*

Feuerwehr, der Polizei, Generalstaatsanwaltschaft und auch beim Verfassungsschutz. Ich hoffe sehr, dass sich das in Zukunft bemerkbar macht.“

Ich bin in meinem ganzen Leben niemals mit dem Gesetz in Konflikt gekommen, habe nie Gewalt ausgeübt und immer brav meine Steuern bezahlt. Sehr viele Steuern übrigens. Aber sicher fühle ich mich nicht mehr in diesem linksgrünen irrationalen Land, das einst Deutschland hieß. Und das liegt vor allem an einem Staat, den ich plötzlich als willkürlich wahrnehme.

Das Besagen der Verhörden

Der Titel verwundert Sie? Mich auch, ehrlich gesagt. Aber ich dachte mir einfach, dass der Begriff „Versagen der Behörden“ dermaßen überstrapaziert ist, dass er geeignet ist, bis hierher geneigte Leser abzuschrecken. Deswegen diese kleine Varianz.

Aber versagen unsere Behörden denn wirklich? Mannheim, Solingen, Magdeburg, Aschaffenburg … und wer weiß was, Gott möge es bitte verhindern, bis zum Erscheinen dieses Buches noch alles dazu kommt. Immer wieder waren die Täter längst „polizeibekannt“. Sie waren bereits „auffällig“ geworden und hatten Vermerke oder Gefährderansprachen erhalten oder waren bereits inhaftiert gewesen. Nichts davon hat den Opfern genutzt. Nichts davon wird die Angehörigen der Toten oder physisch/psychisch Verstümmelten trösten.

Aber kann man bei 105 Vermerken, wie beim Attentäter von Magdeburg, wirklich von einem Versagen sprechen? Oder neigen Sie eher der Verschwörungstheorie zu, dass hier bewusst weggesehen wurde? Aber wozu? Und funktionieren Behörden wirklich so? Funktionieren irgendwelche Firmen so?

Meiner Erfahrung nach wird überall und immer vorrangig das getan, was „belohnt" wird. Was dir Anerkennung bringt, eine Beförderung, einen glücklichen Chef. Und wenn der Chef nun mal glücklich ist, wenn man einen unschuldigen Rentner ans Messer … nein, diese Formulierung ist hier maximal unpassend. Also, wenn der Chef glücklich ist, wenn man einem unschuldigen Rentner für einen harmlosen Witz über einen grünen Politiker das Leben schwer macht, dann wird primär das gemacht, während das Beschützen der Allgemeinheit vor gefährlichen Gewalttätern halt liegen bleibt.

Eigentlich simpel. Dazu braucht es keinerlei Verschwörungstheorie. Nur eine beschissene Ideologie und einen fehlgeleiteten politischen Willen.

Bitte an den Verfassungsschutz

Lieber Verfassungsschutz, wir alle verehren von klein auf diese todesmutigen Geheimagenten, die im Verborgenen unser aller Leben schützen. Die sich quasi täglich auf eine Mission Impossible begeben, tickende Atombomben mit einem feuchten Zahnstocher entschärfen und mit der bloßen Hand täglich zehn bis zwölf gesichert bösextreme Individuen zur Strecke bringen. Ja, wir alle wollen ein bisschen wie James Bond sein, und das nicht nur wegen der Martinis und der Promiskuität.

Jetzt habe ich aber gehört, dass beim Verfassungsschutz nur schmerbäuchige Pfeifen arbeiten, die den ganzen Tag im Internet nach bösen Witzen über grüne Politiker suchen und dabei unzählige Hinweise auf gefährliche Islamisten und geisteskranke Anschläge übersehen? Könnte man hier bitte ein paar Fachkräfte anheuern und die unfähigen Schmerbäuche in irgendeine NGO verschieben? Das wäre lieb. Vielleicht gibt es ja in Großbritannien oder Amerika eine Agenten-Schule, von der wir die Sitzenbleiber abwerben könnten.

Denn merke: Ein Viertel James Bond ist immer noch besser als Soja-Sören vom Verfassungsschutz, dessen Lastenrad hinten einen Platten hat und dem sich vorne immer die Regenbogenfahne in die Speichen wickelt. Weswegen er alle Verfolgungsjagden gänzlich eingestellt und lieber ein Premium-Abo auf Twitterix abgeschlossen hat.

Wer hasst Hass und Hetze?

„Hass" und „Hetze" – sind das nicht die Unworte unserer Zeit? Und gibt es eigentlich das eine ohne das andere? Oder warum tauchen die beiden immer zusammen auf?

Ganz ehrlich, ich hasse Hass und Hetze. Hauptsächlich hasse ich sie, weil ich sie für völlig überflüssig halte. Wir haben schon längst Gesetze, die uns vor Beleidigungen, Verleumdungen, übler Nachrede und vielem anderen schützen.

Warum wurde nun ein schwammiges Zwillingspärchen erfunden, das sehr einseitig Anwendung findet und das völlig willkürlich ausgelegt wird. Während „Nazischlampe", „Putinhure" und „Faschoratte" nicht darunterfallen, tun es „Baerbock ist doof" und „Habeck noch dööfer" sehr wohl?

Sollte es tatsächlich stimmen, was gemunkelt wird? Dass all diese neuen Regeln nicht geschaffen wurden, weil die unsichere Elite gegen Hassrede ist, sondern weil sie gegen Rede ist, die sie hassen?

Anonym ist gesichert feige extrem

Immer wieder fordern Politiker, dass es im Netz keine Anonymität geben dürfe. Nur so könne man „Hass und Hetze" eindämmen und wieder zu einem vernünftigen Miteinander finden.

Nun, ich kann mir zwar vorstellen, dass viele Menschen zur Anonymität greifen, weil sie die geschäftsmäßige Klagewut eben dieser Politiker fürchten, die reihenweise versuchen, selbst harmloseste kritische Meinungsäußerungen in Bargeld zu verwandeln, (Googeln Sie bitte mal „Strack-Zimmermann Strafanzeigen".)

Aber von mir aus – damit kann ich problemlos leben. Doch wie verträgt sich das mit all diesen anonymen Meldestellen, welche die Politik mit Leidenschaft fördert und die so perfekt die Blockwart-DNA so vieler linksgrüner Petzen triggert? Wenn schon, denn schon. Feigheit kann nicht auf der einen Seite verboten und auf der anderen Seite zur großen demokratischen Tugend werden.

Auch das anonyme Melden von Inhalten muss dann aufhören. Linksgrüne Aktivisten durchforsten meine satirischen Videos und melden irgendwelche uralten Videos, um mir Ungemach zu bereiten. Dabei darf Satire doch alles? Zumindest ECHTE Satire, die das Bürgerempfinden vertritt und Machtkritik übt. Nicht diesen feigen Scheiß, den ein Jan Böhmermann, unterstützt von 60 Redakteuren und Journalisten, wöchentlich beim *ZDF* verbricht.

Die „Grüne Netzfeuerwehr" verabredet sich zu Hunderten im Netz, um Kritik an den Grünen zu melden, so lange, bis der Algorithmus in die Knie geht und die Reichweite einschränkt. Gesicht zeigen Freunde! Immer und überall. Es würde die Welt tatsächlich verändern, denn Feigheit ist tatsächlich gesichert linksextrem.

Gar nichts muss ich

Ich höre ja zurzeit ständig, dass ich „unsere Demokratie verteidigen“ muss. Aber bevor ich dazu komme – gegen wen überhaupt? –, muss ich schon mal fragen, was ist denn das noch, „unsere Demokratie“?

Sind das diese Politiker, die mich vor Gericht zerren, wenn ich ein satirisches Meme teile. Oder sind das diese Leute, die auf deutschen Straßen demonstrieren, dass der Staat Israel ins Meer geschubst wird?

Soll ich die Politiker verteidigen, die mich vor der Wahl anlügen, um mich dann danach in eine Schulden-Apokalypse zu stürzen, und mich der Faulheit bezichtigen, wenn ich nicht bis zu meinem Todestag arbeite? Soll ich die verteidigen, die mich auf der Straße einen „Kuffar“ (ungläubiger Hund) nennen, obwohl sie von meinen Steuern leben? Oder diese Menschen, die sich für Füchse halten und sich mit „they“ ansprechen?

Soll ich diese ungewaschenen Leute verteidigen, die verhindert haben, dass ich meinen Urlaubsflieger bekomme, weil sie sich auf die Straße geklebt haben und erst sanft von der Polizei entklebt werden mussten? Oder die, die mich als „Lumpenpazifisten“ beschimpfen, weil ich jede Art von Gewalt ablehne.

Wird „unsere Demokratie“ von denen repräsentiert, die mich wahlweise als „Nazi“, „Schwurbler“, „Klimaleugner“ oder „alter weißer Mann“ beschimpfen, wenn ich einmal nicht zu hundert Prozent ihrer Meinung bin? Einfach deswegen, weil ihre Meinung auf Unbildung, lückenhaften Informationen und dumpfen Propaganda-Medien beruht?

All diese widerlichen, unsympathischen, verlogenen und heuchlerischen Menschen, die also aktuell „unsere Demokratie“ darstellen, soll ich verteidigen – gegen wen? Gegen Menschen, die etwas verändern wollen? Gegen Menschen, die in meinen Augen von Logik und gesundem Menschenverstand geleitet werden? Gegen Menschen mit Sachverstand und Ehrgefühl?

Wisst ihr was, ihr gesammelten Loser im Team „unsere Demokratie“? Einen Scheiß muss ich! Verteidigt eure menschenverachtende und ausgrenzende Demokratie mal schön selbst. Und am liebsten wäre mir, ihr finanziert eure inkompetente und erfolglose „unsere Demokratie“ auch selbst und lasst mich einfach außen vor.

Steile These

Nachdem ich gerade meinen Bademantel aus dem Trockner geholt habe und er schön flauschig vor mir liegt, lasst mich eine steile These aufstellen: Deutschland ist hochkorrupt!

Die Proteste und Demos im Sinne der Regierung: bezahlt. Die liebesdienerische Berichterstattung der Altpapiermedien: bezahlt. Die juristischen Entscheidungen, die selbst schwerste Verbrechen von Migranten zum Teil sehr milde bestrafen: „erkauft“ und erklüngelt durch Belohnung von Gesinnungstreue im juristischen Apparat.

Dasselbe bei der Strafverfolgung. Warum sonst werden gefährlichste Verbrecher übersehen und Haftbefehle nicht vollstreckt, aber Leute, die Witze über Grüne machen, nachhaltig verfolgt.

Wir leben in einem durch und durch korrupten Staat, in dem eine Minderheit von braven Steuerzahlern eine komplett verrottete Mehrheit bezahlt. Und das sagt Ihnen ein inzwischen verzweifelter Fuzzi, der den Großteil seines Lebens immer geglaubt hat, dass es in Deutschland keine Korruption gibt.

Ich habe das bei all meinen Stationen und Auslandsaufenthalten allen immer wieder gesagt. Ich habe es den Griechen gesagt, ich habe es den Russen gesagt und ich habe es den Ungarn gesagt. Allen habe ich hochmütig ins Gesicht gesagt: „Wenigstens sind wir Deutschen im Gegensatz zu euch nicht korrupt!"

Dafür möchte ich mich heute ausdrücklich entschuldigen. Ich bin einem groben Denkfehler aufgesessen. Ja, in Deutschland gibt man dem Polizisten keinen Geldschein und man schmiert auch nicht die Dame vom Amt. Wir machen kein klein klein. Wir leben Korruption maximal groß.

Denn wenn wir böse Dinge tun, dann entfachen wir immer gleich die Hölle. Ganz in der Tradition unserer Großväter.

Make Denken great again!

Haben Sie eine Meinung zu Israel und seinen militärischen Aktivitäten oder zu Israel generell? Äußern Sie sie besser nicht. Neulich habe ich einen Scherz über Greta Thunbergs lächerliche PR-Reise per Segelschiff zum Gaza-Streifen gemacht und bekam sofort wütende Kommentare, warum ich denn plötzlich „Pro-Israel" sei, ob ich denn nicht wisse, dass das das und das …

Ja, wir haben wohl noch einen Rest Meinungsfreiheit in der Bundesmoschee Buntland, aber es ist so mühsam geworden, sie zu äußern. Die Mehrheit hört überhaupt nicht mehr richtig zu, reagiert nur auf irgendwelche Schlagwörter, und das differenzierte Denken wurde sowieso komplett abgeschafft.

Es ist völlig unmöglich, zu jedem Thema dieser Welt eine halbwegs fundierte Meinung zu haben. So etwas täuschen nur idiotische Blender vor. Also öffentlich-verächtliche „Experten“ bei *ARD* & *ZDF*, Politiker und Mainstream-Journalisten ohne Hochschulabschluss. Man sagt, dass der Kopf rund ist, damit die Gedanken kreisen können und dass denkende Menschen ihre Meinung auch mal ändern können.

Ich bin ehrlich gesagt sehr froh, dass ich nicht mehr dasselbe denke wie vor 10, 20, 30 Jahren, und ich achte Leute zutiefst, die zugeben können, dass sie auch mal falsch lagen. Wer alles gutheißt, weil er ein Land liebt oder eine Partei verehrt, ist ein Holzkopf, und wer alles hasst, was eine Partei oder ein Land tut, weil er die Partei oder das Land ablehnt, selbst wenn es mal etwas objektiv Richtiges und Gutes ist, der ist ein fanatischer Holzkopf.

Ich denke, die Intelligenz und damit auch die Demokratiefähigkeit einer Gesellschaft, zeigt sich in ihrer Fähigkeit, differenziert denken zu können. So gesehen muss ich diesen Text leider beenden mit: Gute Nacht Deutschland.

Wie viele können wir retten?

Es ist ja nicht zu leugnen, dass wir leider im Irrationalismus leben. Diese schlimme schlimme Ideologie hat nun mal von einem Land Besitz ergriffen, das einst vielleicht als spießig und langweilig galt, vor dem man aber Respekt hatte, weil es fleißig, vernünftig und friedfertig war.

Das ist ja nun nachweislich schon lange vorbei. Wir haben Typen im Bundestag, die täglich nach Krieg schreien, obwohl sie so aussehen, als ob sie jeden Morgen den Kampf gegen den Fön verlieren. Auf den Straßen tummeln sich vermummte Demonstranten, die auf Nachfrage nicht mal genau wissen, warum sie demonstrieren, und von den ganzen Menschen, die sich für Füchse oder Hunde halten, und den Omas gegen Rechts möchte ich gar nicht erst reden.

Nun hatten wir das ja alles schon mal, ja, eigentlich sogar zweimal, beide Male endeten die fatalen Staatsformen auf -mus und waren ähnlich hasserfüllt wie der Irrationalismus, der heute wütet. Natürlich sind die Methoden feiner geworden, natürlich wird versucht, die schlimmsten Auswüchse unter der Decke zu halten, um keinen Widerstand zu provozieren, aber das war doch früher auch schon so.

Die ganze Wahrheit werden wir erst dann erfahren, wenn uns endlich jemand errettet oder die Problem-Pony-Mauer fällt. Wenn dann endlich alles ans Licht kommt. Die ganze Ungerechtigkeit, die ganze Grausamkeit und der ganze Widersinn.

Wie viele können wir dann noch retten? Wie viele der Irrationalisten können wir entirrationalisieren und wieder in eine Gesellschaft integrieren, die sich an den Wiederaufbau der Bundesinsolvenz Impfland macht? Ich meine, wir brauchen jeden Mann und jede Frau. (Ense ja dann nicht mehr.)

Es wird viel zu tun geben. Allein die ganzen Windräder, die abgeholzt werden müssen. Und so weiter …

Alle hassen uns

Ich glaube, wir sind komplett im Hinterteil. Die klügste und schönste Außenministerin, die je von einem Gesichtskrapfen kaum zu unterscheiden war, hat Chinas Machthaber als Diktator bezeichnet. Mit Russland haben wir für alle Zeiten gebrochen, unser Steingeier hat Trump einen „Hassprediger“ genannt und Frau

Strack-Manierenlosmann hat rumproletet, dass Mr. Trump nicht „alle Tassen im Schrank" hätte. Viktor Orban wird von uns in einer Art und Weise verunglimpft, dass es jeder Beschreibung spottet, die italienische Präsidentin Meloni wollte Frau voll der Laie verhindern, und dass die Wahlen in Rumänien annulliert wurden, hat die EU mit Begeisterung aufgenommen.

Die aktuelle Politiker-Generation ist vielleicht die zweitunbeliebteste weltweit unserer ganzen Geschichte. Herr Merz hat keine Angst vor einem Atomkrieg mit Russland, Herr Habeck hat sich Kamala Harris gewünscht und Herr Pistorius sagt, dass Amerika nicht sagen darf, dass hier keine Meinungsfreiheit herrschen würde. Denn wo käme man denn hin, wenn jeder einfach frei seine Meinung sagt.

Währenddessen demonstrieren deutsche Oberschlundganglien gegen Rechts, was nur noch unter massiven Schutzvorkehrungen möglich ist, weil Gefahren drohen, vor denen die Rechten schützen wollen. Niemand weltweit mag uns mehr. Jeder hält uns für gnadenlos behämmert und arrogant.

Und mit was? Mit Recht! Wir brauchen dringend eine neue bescheidene, kompetente und kluge Generation von Politikern. Nur, in Deutschland werden wir die nicht finden. Also müssen Fachkräfte her. Am besten aus Amerika, Ungarn und Italien.

Meinungsfreiheit bedeutet nicht freie Fahrt für Assis

Meinungsfreiheit ist mir extrem wichtig und sie ist meines Erachtens eine wesentliche Säule einer jeden echten Demokratie. Für mich bedeutet das, meine Meinung sagen zu dürfen, ohne eine Hausdurchsuchung oder eine Gefängnisstrafe zu riskieren.

Und natürlich sind heftige Beleidigungen, Morddrohungen und Verleumdungen keine Meinungsäußerungen, sondern einfach nur heftige Beleidigungen, Morddrohungen und Verleumdungen. Aber früher waren wir wirklich besser darin, das eine (Meinungen) vom anderen (Strafrechtlich relevant) zu unterscheiden.

Doch zur Meinungsfreiheit gehört nicht unbedingt, dass jeder jedem immer zuhören muss. Es gibt ja einsame Menschen, die Zeit dafür haben, die Posteingänge von publizistisch tätigen Personen mit maximal viel negativer Energie vollzumüllen, und wenn man sie dann blockt, schreiben sie auf einem anderen Kanal: „Ich dachte, du bist für Meinungsfreiheit, du Heuchler?"

Na ja, ich sehe das so: Wer wirklich eine Meinung hat, der hat auch Anstand.

Eure Vielfalt ist unser Untergang

Wann begreifen unsere Politiker endlich wieder, dass sie alle nur Laien sind? Und versteht mich nicht falsch, das ist nicht einmal böse gemeint. Politiker sind per se keine Experten. Zu viele haben nichts gelernt und keinerlei Erfahrungen außerhalb der Politik.

Und die Grünen schicken ja inzwischen auch infantile Kinderhirne in den Bundestag, die sogar nicht mal Lebenserfahrung haben. Ja, es gibt sogar das Gerücht, dass sich einige grüne Abgeordnete noch nicht mal allein die Schuhe zubinden können. Deswegen kommen sie auch oft barfuß.

Warum hört dann diese unwissende und schlecht ausgebildete Klientel, die wir leider, mangels Alternativen, immer und immer wieder wählen müssen, nicht auf Experten? Wenn der Präsident des Bundesamtes für Migration und Flüchtlinge, übrigens auch ein Kommunalpolitiker der CDU, der Meinung ist, es geht nicht mehr, dann geht es sehr wahrscheinlich auch nicht mehr.

Deswegen richte ich an all die gefühligen Wirsingkobolde da draußen, die niemals persönlich einen Flüchtling aufnehmen würden, weil das nämlich sehr viel anstrengender ist, als rumzubrüllen „Antifaschista, Antifaschista, meine Eltern sind Geschwister", meinen Notruf: Es geht nicht mehr!!!

Und die Tatsache, dass wir unsere Migrationspolitik grundlegend reformieren müssen, hat nicht das Geringste mit Rassismus oder Ausländerfeindlichkeit zu tun. Es geht um Geld, es geht um Wohnraum, es geht um Kitaplätze und so weiter. Es geht um ganz banale sachliche Probleme. Probleme, für die Vielfalt und Toleranz keine Lösung sind, sondern einfach nur gesunder Menschenverstand.

Goldstücke mit Füllung

Wir bekommen goldene Fachkräfte, Menschen wie eine milde Sommerbrise, die unser Land bereichern und steil nach vorne bringen werden. Seid begrüßt, ihr himmlischen Heerscharen, umarmt und liebkost. Denn ihr seid herzlich willkommen! Wir haben schließlich Platz. Allein in Ricardas Kühlschrank passt eine ganze syrische Großfamilie. Und auch in den meisten grünen Gehirnen findet man noch enorm viel Wohnraum.

Nun hat neulich die Tagesschau vermeldet, dass 30 Prozent aller anwesenden Goldstücke höchstwahrscheinlich psychisch krank sind. Traumata und so. Nur deswegen rutscht ihnen manchmal das Messer aus. Sie können also nicht wirklich etwas dafür, wenn sie anderen das Leben nehmen. Das liegt dann schon eher an uns. Wir haben sie zu wenig umarmt, ihnen zu wenig Liebe gezeigt. Und ja, Liebe tut manchmal weh. Da muss man durch. Manchmal versetzt Liebe einem einen Stich ins Herz.

30 Prozent sind übrigens ca. 950 000. Wir sprechen also von knapp einer Million potenzieller Schlagzeilen-Bestücker. Onkel Google sagt, dass auf die 950 000 Überraschungseier nur ca. 100 000 stationäre Therapieplätze und ca. 350 000 Polizisten kommen. Ich bin ja nur ein Fuzzi, und vielleicht könnte Annalena das mal kalkulatorisch für mich überschlagen, aber vom Bauchgefühl her bleibe ich ab jetzt lieber zu Hause. Immer. Und für immer.

Wer ist denn schon gesund?

Angesichts von Mannheim, Solingen, Magdeburg und Aschaffenburg und den schon fast automatisch vermeldeten psychischen Erkrankungen der Täter in diesen Städten machte sich immer größere Wut, aber auch Ratlosigkeit breit. Ja, in einer Radio-Talkrunde wurde sogar die Theorie diskutiert, ob diese Erkrankungen eventuell an der Tradition der „Cousinen-Hochzeiten" in anderen Ländern liegen könnte. Aber selbst in dieser Runde wollte sich final niemand diese Meinung zu eigen machen.

Nein, ich habe eine ganz andere Theorie, die sich aber natürlich auch niemand zu eigen machen muss: Wenn tatsächlich 30 Prozent aller Flüchtlinge, und damit ca. 950 000, eine psychische Erkrankung haben, kann das womöglich daran liegen, dass es ihnen Vorteile bringt? Wie wird denn so eine Erkrankung diagnostiziert? Ich bin ja nur ein Fuzzi, aber meines Erachtens gibt es weder Röntgen- noch Blutbilder, die eine klare Diagnose treffen lassen, Aufschlüsse geben nur das Verhalten und das, was man im Gespräch mit dem Patienten erfährt.

Und ganz ehrlich, wer wäre nicht bereit, für eine drastische Verbesserung des Lebensstandards ein wenig zu schauspielern? Speziell, weil es ganz wunderbare Webseiten gibt, die einem genau das empfehlen. Auch, und gerade, auf Arabisch. Es ist nur eine Theorie, aber ich würde es so machen.

Toleranz bis zum Untergang

Schon zweimal hat sich ein optischer Nicht-Fritz in meinem Gym in eine Ecke des Umkleideraumes ein Handtuch gelegt und dann gebetet. Okay, Sie werden sich jetzt fragen, warum ich mir nur so ein Gym leisten kann, aber wenn man bademantel-technisch immer auf dem neuesten Stand der Mode sein muss, werden die Mittel schon mal knapp.

Auf jeden Fall habe ich natürlich nichts gesagt, um den Betenden in seiner Andacht nicht zu stören, obwohl ich der Meinung bin, dass gewisse Dinge im Privaten stattfinden sollten oder an Orten, die dafür gedacht sind. Sex hat man ja zum Beispiel auch nicht in der Schlange an der Supermarkt-Kasse. Nicht mal in Berlin, bitte glauben Sie mir.

Also toleriere ich die Religionsausübung neben meinen käsigen Laufschuhen, obwohl ich es irritierend, unangebracht und aufgesetzt finde. Schließlich wurde ich zur Toleranz erzogen. Aber mich beschleicht ein wenig das Gefühl, dass hier eine aggressiv intolerante Gesellschaft auf eine naiv tolerante trifft.

Und, kleiner Fun Fact, ich habe in meinem Gym noch niemals jemand mit einer jüdischen Kippa gesehen. Und, um ganz ehrlich zu sein, das würde ich auch wirklich nicht empfehlen.

Wie sage ich es am besten?

Gerade werden im Wochenrhythmus Menschen erstochen oder überfahren. Leider auch zweijährige Kinder, also die Unschuldigsten der Unschuldigen. Immer ist der Täter Asylant, meistens aus Syrien oder Afghanistan, polizeibekannt und eigentlich ausreisepflichtig. Und immer ist auch die Reaktion die gleiche: Innerhalb von Stunden gibt es eine Demo gegen Rechts, oft aufwändig geschützt vor denen, vor denen die Räääächten uns schützen wollen.

Und immer wieder hört man von linksgrünen (meist) Frauen, dass das alles unsere Schuld wäre. Wir haben die Täter zu wenig integriert, haben ihnen zu wenig geholfen. Es gibt zu wenig Therapieplätze für psychisch kranke Flüchtlinge, wobei dafür so viele Therapieplätze nötig wären, dass wir eventuell 80 Prozent nach China auslagern müssten. Es gibt zu wenig Sprachkurse, zu wenig Kita-Plätze, zu wenig Wohnraum, zu wenig von allem und so weiter.

Und manchmal möchte man diesen Krakeelern der Nächstenliebe ganz achtsam und liebevoll zurufen: „Halt doch bitte endlich deinen linken Rand, du realitätsferner Tofu-Schädel! Selbst wenn das alles stimmt, was aus deiner desinformierten veganen Fressluke kommt, sind das doch alles Gründe, um einzusehen, dass unsere Migrationspolitik komplett gescheitert ist!“

Deppen-Demos

Das Demonstrationsrecht und die Versammlungsfreiheit sind wichtige Güter einer jeden Demokratie, aber – wie bei allen ursprünglich guten Dingen – besteht die Gefahr einer Entwicklung hin zum kompletten Wahnsinn. Es gibt für jede Stadt fein säuberlich im Internet aufgelistet, welche Demos an welchem Tag stattfinden. Hier ein kleiner Ausschnitt für Berlin an einem x-beliebigen Sonntag. Übrigens im Winter, an einem, trotz Erdverglühung, eiskalten Tag.

> *„Jährliche Gedenkveranstaltung an die Ermordung von Rosa Luxemburg und Karl Liebknecht*
> *Luxemburg-Liebknecht-Ehrung 2025*
> *Mahnwache anlässlich des 106. Jahrestages der Ermordung von Rosa Luxemburg und Karl Liebknecht*
> *Anlässlich des Jahrestages des Todes Rosa Luxemburgs und Karl Liebknechts möchte die sozialistische Jugend Deutschlands – Die Falken eine Gedenkkundgebung abhalten.*
> *Kundgebung Lenin-Liebknecht-Luxemburg*
> *Gedenken für Rosa-Luxemburg“.*

Ja, warum nur eine Demo, wenn es doch auch sechs sein können. Okay, der gesunde Menschenverstand würde sagen: „Warum tut ihr euch nicht zusammen?“ Aber hey, Berlin ist groß und hat Platz, und die Polizisten haben hier eh nichts zu tun, da Kriminalität quasi nicht existiert.

Aber natürlich war das noch lange nicht alles:

> *„Berlin steckt in einer paradoxen Situation: Einerseits wird die Verkehrswende als Ziel der Stadtpolitik propagiert, andererseits kürzt der Senat bei Radverkehrs-Maßnahmen um 1,5 Millionen Euro. Besonders junge Menschen, die bevorzugt mit dem Fahrrad unterwegs sind, spüren die Auswirkungen dieser Blockaden.*

Wir wollen bei der Kreuzung vor dem Antonplatz auf dieses Problem aufmerksam machen. Dort gibt es auch keinen richtigen Fahrradweg und viele Fahrradfahrende fahren auf dem Gehweg.“

Ja, manchmal ist schon allein die Angabe des Demonstrationsthemas fast eine eigene Demonstration.

„Die Verfolgung von FALUN DAFA / FALUN GONG-Praktizierenden in China beenden. Die Diktatur der Kommunistischen Partei Chinas auflösen.“

Sehen Sie, selbst die Freiheit der Chinesen wird regelmäßig am Brandenburger Tor verteidigt.

„Politik (Freie Wahl/Pro Demokratie) Rumänien“

Natürlich gehen wir auch für unsere rumänischen Freunde auf die Straße und stimmen mit den Füßen ab. Auch, wenn es später sowieso annulliert wird.

„Wir sprechen uns gegen das anhaltende Töten von Menschen in Gaza aus, das vom Internationalen Strafgerichtshof als Verbrechen gegen die Menschlichkeit und wahrscheinlichen Völkermord bewertet wurde, und unterstützen die Petition von CARE, IPPNW, medico international, NRC-Flüchtlingshilfe, Oxfam, pax christi, Weltfriedensdienst für einen gerechten Frieden in Gaza, ein Waffenembargo und ein Ende der Hilfsblockade: Diese Gewalteskalation muss

gestoppt werden. Insbesondere die Zivilbevölkerung in Gaza leidet unter der katastrophalen Situation, verursacht durch die wiederholte Vertreibung von fast zwei Millionen Menschen in ihrem eigenen Land, die Blockade von humanitärer Hilfe, die Sperrung der Strom- und Wasserversorgung sowie ein massives Ausmaß an Zerstörung. Die UN spricht von einer Hungersnot und einem medizinischen Notstand. Die Situation in Gaza ist keine Folge einer Naturkatastrophe, sondern von willkürlicher Gewalt und gezielter Blockade. Die politische Reaktion der Bundesregierung auf diese Situation muss sich grundlegend ändern."

Diese Damen und Herren haben sich zu allem Überfluss auch noch in meiner Straße versammelt. Habe mal durchgezählt, es waren weniger Teilnehmer, als das Thema Worte hatte, aber dafür war recht viel Polizei anwesend.

„Animal Rights Square: Video-Aktion zur Aufklärung über die Tierindustrie"

Der Tierchen wird auch gedacht.

„Hintergrund unsere Initiative ist die Menschenrechtslage in Venezuela. Die Demo ist Teil eines globalen Netzwerks zur Unterstützung eines demokratischen Wandels in Venezuela."

Auch unsere Freunde aus Venezuela kommen nicht zu kurz. Und die eingesetzten Polizisten freuen sich, ihr Venezuelanisch aufzufrischen.

> *„Lichterkette für Demokratie und Vielfalt – Unser Dorf bleibt hell und bunt"*

Ja, die Welt ist ein Dorf. Warum also nicht auch Berlin?

> *„Mahnwache vor dem RKI. Kritisiert wird die Rolle des RKI im Zusammenhang mit der Corona-Hysterie und den dadurch begründeten Menschenrechtsverletzungen. Es besteht weiterhin die Forderung nach Erfüllung der Informationspflicht als Regierungsbehörde. Ferner ist bislang keinerlei Bemühung um Aufarbeitung der begangenen Rechtsbrüche zu erkennen. Da zudem längst Vorbereitungen für die nächste Pandemiesimulation angelaufen sind, ist ein Ende der Notwendigkeit der Mahnwache nicht abzusehen."*

Ein Evergreen.

> *„Schöner leben ohne Schwurbel – Schluss mit dem Verschwörungsblödsinn in Schöneberg!"*

Ach, da wäre ich so gerne hingegangen, war nur gegen meinen Glauben. Denn ich glaube einfach, dass da sehr viele Trottel waren.

> *„Frieden lernen! Miteinander reden statt übereinander."*

Was war das denn? Nur Krieg ist doch Frieden? Nur mit Waffen kann man Frieden schaffen. Also, Frau Strack-Zimmerfrei war da sicher nicht.

„Stoppt den Krieg! Frieden und Freiheit für die Ukraine! JETZT!“

Na ja, die letzten beiden Demos hätte man ja auch zusammenlegen können? Nur wozu? Wo soll denn das ganze Steuergeld hin, wenn es keine überflüssigen Polizeieinsätze mehr gibt?

So, die Liste wäre noch lange nicht zu Ende, aber ich denke, es wurde klar, was ich meine.

Deutschland in 20 Jahren

Wo sehen Sie Deutschland in 20 Jahren? Kann ein so konservatives und vom Wohlstand verwöhntes Land wirklich in den Kommunismus abdriften? Oder zum Armenhaus Europas werden? Kann man so viel Missmanagement und Dummheit wirklich hinkriegen?

Also, ich sag mal, wenn, dann können es wahrscheinlich die Deutschen schaffen. Der Wille, selbst zu denken und Eigenverantwortung zu übernehmen, scheint irgendwie nicht besonders ausgeprägt zu sein. Zu gerne versteckt sich der Teutone hinter Regeln, einer Volksgemeinschaft oder sogar hinter einem Führer. Auch mit Menschenkenntnis und Realitätssinn scheint es hierzulande nicht weit her zu sein, oder wie sonst können Sie sich Fans von Robert Habeck und Annalena Baerbock erklären?

Das *Zeit*-Magazin hat neulich sogar Ricarda Lang als „role-model“ bezeichnet. Und nein, es war nicht „rollen“ gemeint, sondern, dass sie ein Vorbild sei. Und wenn Ricarda Lang ein Vorbild ist, dann sehe ich in 20 Jahren ein Deutschland der Leistungsverweigerer ohne jegliche Bildung, die sich durchs Leben opfern und die Tagesschau in einfacher Sprache in Dauerschleife gucken.

Aber das Gute ist, gegen dieses Deutschland möchte niemand Krieg führen, weil jeder einen großen Bogen um das Land macht, das tiefer fiel als jemals eines in der jüngeren Geschichte – denn es könnte ja ansteckend sein.

Woran ich glaube

Was halten Sie von folgender These: „Schwache Menschen wollen Macht, starke Menschen wollen Freiheit."?

Deckt sich das mit Ihren Erfahrungen? Nein? Dann machen Sie doch mal folgenden Selbsttest: Denken Sie an all die Menschen zurück, die Sie in Ihrem Leben richtig toll fanden. Fangen Sie gerne im Kindergarten an, gehen Sie Ihre Schulzeit durch, die Uni oder Ausbildung. All Ihre Jobs und natürlich auch Ihr Privatleben. Wen haben Sie für Integrität, Charakter, Rückgrat und Loyalität bewundert?

So, haben Sie ein paar Leute im Kopf? Okay – und jetzt sagen Sie mir bitte, wie viele von diesen tollen Menschen Politiker geworden sind? Sehen Sie. Merken Sie selbst, oder?

Die Gefahr kommt von oben!

Wissen Sie, was ich für die größte Gefahr für die Demokratie erachte? (Und Sie merken, ich vermeide den Begriff „unsere Demokratie", denn mit „unsere Demokratie" will ich ums Verrecken nichts zu tun haben.)

Kennen Sie diese Wasserfallduschen? Die völlig überdimensionierten riesigen Duschköpfe, die völlig überflüssigerweise zusätzlich zur normalen Handdusche installiert werden? Speziell in Hotels lauern sie einem auf, aber sie sind mir auch schon in neueren Privat-Domizilen untergekommen.

Wer zur Hölle hat sich jemals diesen Schwachsinn ausgedacht? Und wer benutzt die? Jeder vernünftige Mensch will doch erstmal vorsichtig die Wassertemperatur austesten, bevor er sich 50 Liter auf einmal über den Kopf schüttet und sich wahlweise verbrüht oder schockfrostet. Täglich steigen Millionen von Menschen gut gelaunt in eine fremde Dusche, schenken der komplizierten Apparatur keine große Beachtung und zack, der Tag ist gelaufen.

Was DAS für eine Gesellschaft bedeutet? Unzählige schlecht gelaunte Menschen, die den Tag mit einer Erfindung aus der Hölle beginnen mussten. Das kann die liberalste Demokratie in ihren Grundfesten erschüttern! Gut, unsere Demokratie jetzt nicht so. Denn die ist sowieso im Arsch … Apropos, kennen Sie diese japanischen Toiletten?

8. Diese gratismutigen Couch-Generäle

Jeden Tag begegne ich auf den sozialen Plattformen neuerdings Menschen, denen die Kriegslust aus den gichtigen Tastaturfingern quillt. Und „gichtig“ ist hier ganz bewusst gewählt, denn die wenigsten stehen so im Saft, dass sie auch nur annähernd für den Kriegsdienst in Betracht gezogen würden.

Ich kann es leider nicht liebevoller sagen, aber ich verachte diese gratismutigen Couch-Generäle zutiefst. Ich habe niemals einen Krieg erlebt, ich bin in Sicherheit und Wohlstand aufgewachsen. (Also zumindest vor 2015, bevor eine griesgrämige zittrige Dame mit Marionettenfalten bis zu den Schultern beschlossen hat, den Niedergang meines Geburtslandes einzuleiten.) Dasselbe gilt auch für all die erwähnten Couch-Generäle, die jetzt plötzlich nach Krieg geifern.

Ich habe da eine ganz klare Haltung: Wer Krieg gut findet, der sollte mal hin. Ich wette alles, was ich habe, dass das feige Großmaul mit anderer Meinung zurückkommt, wenn es zurückkommt, denn erfahrungsgemäß haben Menschen, die schon Panik bekommen, wenn das WLAN ruckelt, relativ geringe Überlebenschancen in Kriegen.

Pazifismus ist eine der edelsten Tugenden. Und Aktivismus für den Frieden ist in meinen Augen Herzensmenschenpflicht. Ich habe schon als Teenager den Kriegsdienst verweigert, und das war eine meiner wenigen fundierten und wohl überlegten Entscheidungen in meinen Leben. Krieg steht für mich auf derselben Stufe wie Burkas und Faxgeräte – Relikte aus dem Mittelalter. Der Satz: „Stell dir vor es ist Krieg und keiner geht hin.“ hat für mich eine tiefe Bedeutung.

Und mir ist völlig egal, dass ich dafür verspottet werde. Denn Krieg wird immer von Menschen begonnen, die nicht hinmüssen. Und er wird von Dummen ausgeführt, die sich manipulieren lassen. Dafür, dass dann unzählige Unschuldige sterben. Wir sind gegen die Todesstrafe, aber für Krieg. Das muss man sich mal vorstellen. Wie bekommen die Couch-Generäle und Hobby-Feldherren nur all diese Purzelbäume im Hirn hin?

Aber ein kleiner Tipp: Die Ukraine hat eine Fremdenlegion. Absolut jeder kann zu einer ukrainischen Botschaft in seiner Nähe gehen und sich für diese Fremdenlegion melden. Nach einer kurzen intensiven Ausbildung geht es dann, top ausgerüstet von europäischen Steuerzahlern, an die Front. Das erwarte ich von jedem, der Krieg unterstützt. Apropos, wussten Sie, dass der grüne Anton Hofreiter mit dem Frisurproblem einst ausgemustert worden ist? Ein Bein war 4cm kürzer als das andere.

Im Zweifel für den Frieden

Hätten Sie jemals gedacht, dass das Thema Krieg plötzlich wieder Einzug in Ihr Leben hält? Ich meine, wir sind die Enkel von Menschen, die einen Weltkrieg angezettelt haben, der so viel Leid, Tod und Vernichtung über die Menschheit gebracht hat, dass man denken könnte, wir müssten eigentlich die glühendsten Pazifisten seit dem Urknall sein.

Müsste Deutschland nicht eigentlich permanent eine weiße Fahne schwenken und sich in der EU, im UN-Weltsicherheitsrat und überall sonst auch für bedingungslosen Frieden einsetzen? Müssten wir nicht neutral und geläutert sein? Wäre es nicht unsere Pflicht, aus unserer Vergangenheit zu lernen und statt „Guten Morgen“ jeden Tag mit „Nie wieder Krieg“ zu beginnen?

Aber was sagen wir stattdessen? „Der Taurus muss geliefert werden.“

Kriegsgeile Europäer

Es ist das erbärmlichste Schauspiel, das ich jemals bezeugen musste. Nachdem Europa einen offenbar gewollten Krieg drei Jahre lang in die Länge gezogen, jeden Tag Tausende Tote in Kauf genommen hat – waren ja nur Russen und Ukrainer – und eine Hetze veranstaltet hat, die mich jeden Tag fassungslos machte, hetzten die Europäer gegen die Friedensverhandlungen von Donald Trump mit Russland.

Ohne auch nur einen einzigen Wähler jemals zu fragen und ohne auch nur einen Bewirtungsbeleg dafür zu bekommen, wurden Milliarden Steuergelder verpulvert. Es wurden unser Sozialsystem, unsere Infrastruktur und unser Verteidigungsfähigkeit für einen Krieg aufs Spiel gesetzt, der zu keiner Sekunde zu gewinnen war, was jeder mit einem Funken Resthirn auch wusste. In ganz Europa gab es, außer Viktor Orban, keinen einzigen Politiker von Rang, der sich um Frieden bemüht hat.

Völlig entmenschte politische Hinterbänkler, wie ein Roderich Kiesewetter und eine Agnes Strack-Zimmermann, hätten am liebsten einen dritten Weltkrieg entfesselt, alles Russische würde dem Boden gleichgemacht, maximal diskriminiert und verfolgt. Egal ob Sportler, Opernsängerin, Journalist oder sonst was.

Ein Land mit unserer Vergangenheit hat plötzlich die gleichen Worte gegenüber Russen benutzt wie unsere Großväter vor 80, 90 Jahren. Und jetzt ist endlich ein Mensch da, der diesem Wahnsinn ein Ende setzen will, und wir schlagen wild um uns, weil jemand Sterben und Zerstörung beenden möchte.

Ich schäme mich zutiefst für Deutschland, ich schäme mich zutiefst für Europa und ich möchte an das Zitat des römischen Philosophen Cicero erinnern: „Der ungerechteste Frieden ist immer noch besser als der gerechteste Krieg“.

Früher waren die Wahrheiten wahrer

Mich machen all diese verschiedenen „Wahrheiten“ fertig. Ich sehe mit meinen eigenen Augen eine Sache, und in dem Moment ist alles völlig glasklar und es ist schier unmöglich, zwei verschiedene Meinungen zu haben. Aber kurz danach lese ich auf *X* oder in unseren Qualitäts-Aktivisten-Medien völlig andere Dinge und frage mich, wie kann das sein?

Kann ich denn meinen eigenen Augen nicht mehr trauen? Kann ich etwa den bis ins Mark korrupten und verdorbenen Qualitäts-Propaganda-Medien nicht mehr vertrauen? Was läuft da bloß schief? Zum Beispiel der sogenannte Eklat im Weißen Haus. Jeder sehende Mensch sieht und versteht, wer diesen Eklat ausgelöst hat. Wer respektlos, prollig und wahrscheinlich voll wie Nachbars Ente zu Weihnachten war. Aber trotzdem gibt es gefühlt Millionen von ultrabösen Gutmenschen, die genau das Gegenteil gesehen haben.

Oder generell der gesamte Ukraine-Konflikt. Jeder, der mal eine halbe Stunde opfert, um ein bisschen was darüber zu lesen, weiß um die endlos lange Vorgeschichte. Weiß, was auf dem Maidan passiert ist, weiß, dass die CIA-Stützpunkte an der russischen

Grenze inzwischen bestätigt sind, und weiß, wer 2014 mit dem Töten begonnen hat.

Trotzdem erschallt es aus allen Rohren: Woffn, Woffn, Woffn und Fantasie-Trillionen für die Ukraine bitte. Meine Wahrheit war immer: Keine Buchung ohne Beleg. Die Wahrheit heute ist: Solange Selenskyi nicht zehn Yachten hat, ist alles in Ordnung, und er sollte heiliggesprochen werden. Ich kann das alles nicht mehr. Ich will die altmodische Wahrheit wieder. Die, die auch genauso klingt, wie sie aussieht.

Russland vs. Deutschland

Russland und Deutschland kann man überhaupt nicht vergleichen. Auf der einen Seite eine hochkorrupte Machtelite, gleichgeschaltete Medien, Verfolgung Andersdenkender, ein filtriertes Justizsystem, auf der anderen Seite … na ja, halt Russland.

Deswegen bin ich auch restlos überzeugt davon, dass wir hier sehr sicher sind. Zumindest vor Russland. Denn wer würde schon ein hochverschuldetes Land erobern wollen, das als einzigen Rohstoff Gendersternchen und Pronomen anzubieten hat. Wenn ein Moskauer oder jemand aus St. Petersburg einmal das völlig versiffte Berlin zu sehen bekommt, ist mit Sicherheit der letzte Gedanke: „Ui, das muss ich haben." Nein, ein Land, in dem selbst die U-Bahn-Stationen schön wie Kathedralen sind, will sich auf keinen Fall mit dem deutschen Virus der morbiden Verwahrlosung infizieren.

Städte könnte man ja noch hinkriegen. Es gibt ja kaum etwas, was man nicht mit einem guten Dampfstrahler reparieren kann. Aber was machst du mit den maroden Gehirnen? Neulich hat eine grüne Spitzenkandidatin im Fernsehen Bäume gegendert und gefordert, dass möglichst viele neue Bäum*innen gepflanzt werden müssen.

Okay, das war ausnahmsweise mal in Österreich und nicht in der Bundesinsolvenz Dumpfland. Aber, ob der Russe so feine Unterschiede macht? Nein, wir brauchen weder Aufrüstung noch einen Atomschutzschirm. Unsere wohlstandverwahrloste Dummheit ist abschreckend genug.

Propaganda, soweit das Auge reicht

Der BND hat neulich herausgefunden, dass der Russe uns 2030 angreift. Nur das genaue Datum steht noch nicht fest. Es wird für uns völlig überraschend kommen, weil der Russe sich innerhalb von Stunden durch Polen pflügt, nachdem er die Ukraine in drei Jahren nicht einmal ansatzweise eingenommen hat. Wahrscheinlich, weil der Russe in der Ukraine so viel dazu gelernt hat. Denn der Russe ist ja wahlweise teuflisch schlau, teuflisch dumm oder einfach nur teuflisch. Je nachdem, wie wir es gerade brauchen.

Der BND ist übrigens dieselbe Veranstaltung, die islamistische Anschläge nicht verhindern kann, aber die Menschen verfolgt, die Witze über Grüne machen. Jetzt ist der BND also auch als Orakel tätig. Bald schreiben sie wahrscheinlich auch Horoskope.

Freunde, ALLES ist momentan Propaganda! Es ist verdammt schwer, ein Land, das jahrzehntelang auf Pazifismus geeicht wurde und dem man jeglichen Nationalstolz ausgetrieben hat, plötzlich auf Kriegstemperatur zu bringen. Deswegen werden Sie ab jetzt täglich massiver antirussischer Propaganda ausgesetzt sein. Dazu natürlich auch noch massiver antiamerikanischer bzw. Anti-Trump-Propaganda, damit Sie begreifen, dass uns keiner mehr helfen wird, wenn die Pöhsen kommen.

Bitte glaubt nichts davon, denn es stimmt heute wie damals: Wenn sie Krieg beschließen, aber keiner hingeht, dann gibt es auch keinen Krieg.

Der Bart von Fritze Merz

Wenig verehrter Herr Merz. Im Gegensatz zu vielen anderen würde ich Sie niemals Fotzenfritz nennen. Zum einen, weil ich das Wort nicht mag, zum anderen, weil das irgendwie gar nicht zu Ihnen passt. Denn, und bitte nehmen Sie es nicht persönlich, aber wie der große Womanizer mit einschlägigen gynäkologischen Kenntnissen sehen Sie nun wirklich nicht aus.

Gut, bisweilen nenne ich Sie Vulva-Glatze, aber das finde ich eigentlich noch schmeichelhaft, denn man könnte auch darauf hinweisen, dass Sie einen Mann kopieren, der sehr viel Unheil über die Welt gebracht, Sie tragen seinen Zweifingerbart halt nur woanders.

Aber nun zu meinem eigentlichen Anliegen: Ich wollte Sie mal was fragen. Sie sind ja extrem kriegsgeil. Gut, das wirkt bei einem Mann um die 70 immer ein bisschen peinlich, denn welche Kompanie will schon ein Mitglied, das mit Marschgepäck über zwei Stunden für zehn Kilometer benötigt und im Alleingang jeden Krieg verlieren würde. Historischer Schädel-Bart hin oder her. Wobei, der Zweifingerbärtige war ja auch nicht nachhaltig erfolgreich.

Aber trotz Ihrer himmelschreienden Unfähigkeit, in welchem wie auch immer gearteten Konflikt einen wertvollen Beitrag zu leisten, wollen Sie uns ja in einen Krieg peitschen. Ja, Sie gehen sogar soweit, auf dem Niveau eines lernbehinderten Kleinkindes rumzublöken, dass Sie „keine Angst vor einem Atomkrieg mit Russland“ hätten!?

Gut, das hebt Sie auf eine Stufe mit dem römischen Kaiser Nero, aber auch nur dann, wenn die Gerüchte stimmen, dass er im Wahn ganz Rom angezündet hat. Wenn nicht, möchte ich mich hiermit bei Herrn Nero und seinen Nachfahren für diesen bösen Vergleich entschuldigen.

Aber was ich eigentlich fragen wollte: Was wird denn Ihr Beitrag in diesem Krieg sein? Vornweg marschieren, haben wir ja schon geklärt, das kann man bei Ihrem Fitness-Level nun auch wirklich nicht verlangen und es wäre wohl auch nur ein sehr kurzes Vergnügen. Aber wer so unbedingt unverdient Kanzler werden möchte, der will ja sicher auch mit gutem Beispiel vorangehen. Sie haben ja zwei Töchter und einen Sohn, die werden doch sicher für ihr Land geopfert, oder? Wie sieht es mit den sieben Enkelkindern aus? Die müssten doch auch schon im wehrfähigen Alter sein. Mit Kindern und Kindeskindern könnten Sie schon fast eine Fußball-Mannschaft and die Front schicken.

Ich finde, das ist das Mindeste für jemand, der den Krieg liebt und ohne mit der Wimper zu zucken sein Heimatland in die Apokalypse schicken möchte. Also, wenn wir draußen verglühen, während Sie mit Ihrer ganzen Mischpoke im sicheren Bunker sitzen, könnte sich das recht ungünstig für Sie auf die nächste Bundestagswahl auswirken, fürchte ich.

Und stellen Sie sich vor, neulich hörte ich jemand über Sie sagen: „Der Merz ist das weltgrößte …“ Und dann folgte die Bezeichnung für eine organische Öffnung. Und glauben Sie mir, solche Sätze tun mir natürlich auch weh. Denn was kann denn dieses hart arbeitende Körperteil dafür, dass Sie ohne Rückgrat und Gewissen geboren wurden.

Miosga eskaliert komplett

Die willfährige Propaganda-Soldatin Caren Miosga, die sich nur Journalistin nennen darf, weil der Begriff nicht geschützt ist, hat neulich Joschka Fischer, den Kriegsdienstverweigerer ohne jeglichen Schulabschluss, gefragt, wie man schnellstens den „Code Pazifismus“ in den Gehirnen der Deutschen überschreiben könnte.

Pazifismus ist eine Errungenschaft, die wir Deutschen uns schwer erkämpft haben. Und das aus gutem Grund.

Wir tragen die Schuld an den zwei größten Kriegen der Menschheit mit Millionen von Toten und unendlichem Leid. Vielleicht kann man über unsere Schuld am Ersten Weltkrieg noch zaghaft diskutieren, was den Zweiten Weltkrieg betrifft, gibt es nun wirklich keinerlei Zweifel.

Wir Deutschen waren Monster mit Übermenschen- und Großmachtfantasien, aggressiv, militaristisch und brutal. All das haben wir in den letzten 80 Jahren überwunden. Wir haben unsere Lehren gezogen, an uns gearbeitet und sind ein besseres Land geworden. Weltweit haben wir dafür Achtung bekommen und uns ein völlig neues Image erschaffen. Wir galten nicht mehr als durchgeknallte Kriegsnarren, sondern als fleißig, zuverlässig und qualifiziert.

Das alles sollen wir jetzt über Bord werfen, weil maximale Heuchler, die niemals auch nur einen Finger in einem Krieg rühren würden, versuchen, uns das einzureden.

Rüstet endlich wieder ab, ihr verlogenen scheinheiligen Politik-Darsteller mit euren angeschlossenen Propaganda-Medienhäusern. Vor allem verbal, denn sonst gibt es bisher eh nichts abzurüsten, außer ein paar pickligen Milchbubis, die eine Kalaschnikow kaum von ihrem Piephahn unterscheiden können.

Der kluge Lothar. Ein typisch deutscher Gelehrter.

Mein Freund Lothar ist sehr schlau. Es ist gut, so schlaue Freunde zu haben. Speziell, wenn man selbst nur ein Fuzzi ist. Lothar bringt mir zum Beispiel viele Dinge über Russland bei. Gut, er ist noch nie dagewesen, ich siebenmal. Er kennt auch nicht wirklich russische Menschen, während ich mit einer Russin verheiratet bin und auch mal zwei Monate in Moskau gelebt und gearbeitet habe.

Aber Lothar liest Bücher! Und ich kann es nicht beweisen, aber ich glaube, er schaut auch Tagesschau. Somit weiß er natürlich viel mehr. Ist ja klar. Ich meine, allein die Tagesschau macht ja eigentlich schon allwissend, dagegen kommt man mit persönlichen Erfahrungen nicht wirklich an.

Als der Ukraine-Konflikt losbrach, hat mir Lothar das alles mal erklärt: „Russland wird unter den Sanktionen recht schnell zusammenbrechen, Oliver! Denn merk dir eins, wenn Deutschland wirtschaftlich einen Schnupfen bekommt, hat Russland schon längst eine Lungenentzündung. Ende 2022 ist Putin weg und Russland zerschlagen.“

Was würde ich nur machen, wenn ich Lothar nicht hätte. Ich müsste echt mehr Tagesschau gucken. Nur leider habe ich doch diese schlimme Propaganda-Unverträglichkeit.

An jeden einzelnen Kriegsgeilen in diesem Land

Echte Demokraten halten die Meinungsfreiheit hoch, selbst wenn sie eine andere Meinung nicht teilen. Ja sogar, wenn sie eine Meinung zutiefst verabscheuen. Wie soll der französische Philosoph und Schriftsteller gesagt haben:

„Ich missbillige, was Sie sagen, aber ich werde bis zum Tod Ihr Recht verteidigen, es zu sagen." Nun, ich missbillige zutiefst jeden einzelnen Menschen, der sich aktuell pro Krieg äußert, aber ich akzeptiere andere Meinungen.

Was ich absolut nicht akzeptiere, sind Kriegshetzer, die andere sterben lassen wollen. Deswegen möchte ich jeden Politiker, jeden Prominenten und jede Privatperson, die Krieg möchte, fragen: Was wäre ihr Opfer?

Man kann eine Meinung nur vertreten, wenn man auch bereit ist, sie wirklich zu leben. Ansonsten sollte man einfach die Klappe halten. Man kann nicht einerseits sagen, dass alle den Gürtel enger schnallen müssen – und sich selbst dann eine Gehaltserhöhung genehmigen.

Wer A sagt, muss auch B tun. Sonst ist er nur ein erbärmlicher Heuchler, der ausschließlich wertlosen Wortschaum produziert. Bis heute hat kein einziger Politiker sein Mandat niedergelegt und sich freiwillig für die ukrainische Fremdenlegion gemeldet oder wenigstens bei der Bundeswehr angeheuert. Mir ist auch nicht zu Ohren gekommen, dass irgendein Mitglied des Bundestages privat einen ukrainischen Flüchtling bei sich aufgenommen oder seine üppigen Diäten für die Ukraine gespendet hätte. Und es hat auch niemand auf einen Teil seiner üppigen Diät verzichtet, um die Ukraine zu unterstützen.

Also hetzt gerne, so viel ihr wollt, nur seid gewiss, euer Platz in der Geschichte ist der des feigen charakterlosen Heuchlers. Und der ist wohlverdient.

Russenhitze?

Was denn nun? Gegen was soll ich mich zuerst impfen lassen? Gegen den Hitzetod oder die russische Invasion? Die Propaganda war da auch schon mal präziser. Vielleicht könnte man das ja auch kombinieren? Eine Kombi-Impfung quasi. Für was haben wir denn die besten Gesundheitsminister von die ganze Welt?

Wir bräuchten eine Impfung, mit der Geimpfte zwar immer noch andere mit Kriegsgeilheit anstecken können, die aber im Krieg einen milderen Verlauf garantiert. Angeblich beträgt ja die Überlebensdauer von ukrainischen Soldaten an der Front satte vier Stunden. (Wobei ich mich schon frage, wie das erhoben wird?)

Mit Impfung könnte man das vielleicht auf viereinhalb Stunden bringen. Wenn nur diese gottverdammte Hitze nicht wäre.

Menschen und Monster

Bei allen Diskussionen um gesellschaftliche Probleme habe ich immer einen Satz meines Vaters im Kopf: „Mein Sohn, vergiss nie, 99 Prozent aller Menschen sind Arschlöcher."

Ja, so politisch inkorrekt konnte man in meiner Kindheit noch daherreden. Und das Absurde ist, dass mein Vater vielleicht der größte Menschenfreund war, den ich je kennenlernen durfte. Mein Vater mochte prinzipiell alle Menschen und alle mochten ihn. Er war von einer Arglosigkeit und Gutmütigkeit, die mir noch heute, mein Vater starb jung im Jahr 2000, Tränen in die Augen treibt, wenn ich an ihn denke, und ich bin sehr stolz darauf, sein Sohn zu sein.

Ich habe keine Ahnung, warum er das immer mal wieder zu mir gesagt hat, denn er hat mir auch etwas völlig anderes vorgelebt. So lebe auch ich in dem Glauben, dass die Menschen gut sind, und nehme demütig in Kauf, dass das bisweilen gehörig schief geht und zu schweren Verletzungen führt. Denn ich will nicht anders leben.

Davon auszugehen, dass die Menschen überwiegend schlecht sind und mir Böses wollen, würde mich weitaus mehr belasten, als hin und wieder mal verletzt zu werden. Also denke ich wirklich, dass 95 Prozent aller Menschen in Ordnung sind. In dem Sinne, dass sie nie in ihrem Leben gewalttätig gegen andere werden, niemals jemand nach dem Leben trachten und auch nicht bewaffnet eine Bank überfallen.

Und das denke ich menschheitsübergreifend, unabhängig von Nationalitäten und Kulturen. Bleiben die 5 Prozent. Und hier muss man schon ein wenig dem gesunden Menschenverstand folgen und muss sich fragen, wo wir am ehesten diese fünf Prozent finden, die lebensgefährlich für unschuldige gutmütige brave Menschen werden könnten?

Finden wir sie vielleicht bei Menschen, die uns nicht sagen wollen, wer sie wirklich sind, die ihre Pässe verbrennen, bereits in ihren Heimatländern gegen dort geltendes Gesetz verstoßen haben und die der Meinung sind, dass Frauen zu schlagen unter Sachbeschädigung fällt?

Nein, natürlich nicht! Logischerweise finden wir sie in der vielköpfigen Verwandtschaft von Herrn Putin, die millionenfach unser Land infiltriert und Pöhses im Schilde führt. Putin allein hat ja schon mindestens zehn Doppelgänger. Und was der Klimawandel bereits in den Köpfen dieser unzähligen kleinen Putins angerichtet hat, möchte ich mir gar nicht erst ausmalen.

Also, folgen Sie einfach der Logik und dem klaren Menschenverstand. Oder wie Greta sagen würde: „Follow the sience!“ (Die sich Greta übrigens weitgehend selbst beigebracht hat, denn in der Schule war sie ja nicht viel.)

Denn, wenn Sie ganz sachlich, nüchtern und gelassen einfach nur glasklaren Fakten folgen, werden Sie merken, dass am Ende sowieso alles am pöhsen Putin liegt, und dann wird sich irgendwann die curve auch wieder flaten.

Wovor mir graut!

Ich höre permanent, dass sich Deutschland seiner Vergangenheit bewusst sein muss. Und zwar immer und ständig. Dass wir ein sehr schlechtes Gewissen haben müssen und unsere Fehler nicht wiederholen dürfen.

Warum sind wir dann kein neutrales Land? Wer zur Hölle hat uns erlaubt, jemals wieder militaristisch und kriegerisch zu denken? Warum hat man uns nach dem Zweiten Weltkrieg nicht jede einzelne Waffe weggenommen und uns ein für alle Mal verboten, jemals wieder Waffen zu produzieren? Man sieht doch jetzt, wohin das führt.

Wir sind für den Tod von so vielen Menschen verantwortlich. Die meisten davon übrigens russischer Herkunft, trotzdem besitzen wir die ekelhafte Niedertracht, jetzt schon wieder gegen diese Menschen ohne Unterlass zu hetzen und das Land mit unterirdischer Propaganda zu überziehen, die bereits große Früchte produziert hat und die Schlafschafe und Tagesschau-Gucker in russophobe Couch-Generäle verwandelt hat, die jede, wirklich jede Untat gegen russische Menschen geifernd bejubeln. Selbst gegen Kinder und Zivilisten.

Eigentlich müsste man die Bundesinsolvenz Impfland möglichst weit von allen weltpolitischen Prozessen fernhalten, denn wir haben nichts Gutes beizutragen. Der Wohlstand hat zu viele Gehirne komplett vergiftet, die Macht der Tagesschau ist nach wie vor so groß, dass es dem gesunden Menschenverstand Tränen in die Augen treibt, und die Empathie ist hierzulande unterirdisch entwickelt – was Fledermausia sehr deutlich gemacht hat. Deutschland, mir graut vor deiner zu lauten Minderheit.

Die Helden-Lüge

Warum ist jemand ein Held, der sich in einem Krieg zerfetzen lässt? Und wie wahr ist das überhaupt? Wie viele solcher Helden kennen Sie oder haben Sie in der Familie? Ich kenne hauptsächlich den recht nüchternen Satz: „Opa ist im Krieg gefallen." Das war's dann eigentlich meistens mit der Heldenverehrung. An einer mehrtägigen Heldenparty zum Gedenken eines „Kriegshelden" habe ich noch nie teilgenommen, und ehrlich gesagt habe ich auch noch nie von einer gehört.

Mir kommt das ein bisschen vor wie dieses einschlägig bekannte Paradies, in dem angeblich unzählige Jungfrauen auf mich warten. Für mich übrigens eher die Beschreibung des ultimativen Fegefeuers. Wer will sich denn bitte schön auch nach seinem Ableben mit einer vielköpfigen Zickenschar rumschlagen? Und ich würde ja immer fragen: Warum sind Sie denn noch Jungfrau? Kein Interesse gehabt? Nie der Richtige dabei? Beides erscheint mir wenig paradiesisch.

Nein, wenn einem Heldentum, Paradiese oder tonnenweise Jungfrauen versprochen werden, sollte man immer dankend ablehnen. Das ist nichts anderes als diese Spam-Mails, in denen einem Millionen-Erbschaften versprochen werden, wenn man nur vorab eine kleine Bearbeitungsgebühr von ein paar tausend Euros überweisen möge. Dahinter stecken immer böse Teufel, die die menschliche Gutmütigkeit und Leichtgläubigkeit ausnutzen wollen. Sprich, die aktuellen Kriegstüchtigkeits-Einforderer sind einfach nur die neue Nigeria-Connection.

Schreien Heuchler den ganzen Tag lang vor Schmerzen?

Der Historiker Egon Flaig hat sich neulich in einem Beitrag auf dem toxischen Propaganda-Senderchen 3Sat sinngemäß wie folgt geäußert: Eltern müssen bereit sein, ihre Kinder in Kriegen für das Gemeinwohl zu opfern. Die Unwilligkeit von Eltern, ihre Kinder als Soldaten zu sehen, findet er problematisch.

Nun, habe ich mich lange gefragt, ob das das Dümmste war, was ich je gehört habe, oder das Allerdümmste. Gut, dass Herr Flaig tatsächlich glaubt, dass wir in Gefahr sind, stündlich angegriffen zu werden, kann man eventuell noch mit seinem hohen Alter, Geburtsjahr 1949, erklären. Schließlich setzt das Rieseln des Kalkes bei manchen ja eher etwas früher als später ein.

Aber wie kommt ein Mensch, der nie selbst einen Krieg erleben musste, dazu, dermaßen übergriffig Eltern aufzufordern, ihre Kinder in den Tod zu schicken? Ich meine, hier redet schließlich ein Vollblinder von der Farbe, oder? Sein Geburtsjahr verrät uns auch, dass er glücklicherweise seine Eltern nicht im Krieg verloren hat, denn sonst wäre er uns schließlich erspart geblieben. Ein weiterer Grund, lieber die Klappe zu halten und nicht Millionen von Kriegsopfern zu verhöhnen.

Aber irritierend finde ich auch, dass ich keinerlei Quellen finden konnte, die belegen, dass dieser Absonderer von schlimmster Faselei seinen Wehrdienst abgeleistet hat. Hier wäre ich für Hinweise dankbar.

Besser verschieben oder vertragen!?

Netterweise wartet Putin mit seinem Angriff ja, bis wir kriegstüchtig werden, deswegen habe ich mal ein bisschen rumgefragt. Wobei ich es ja schon seltsam finde, dass dieser brutale, völlig unberechenbare Psychopath, der völlig grundlos und ohne jede Vorgeschichte einfach Nachbarländer angreift, ausgerechnet in unserem Fall so reizend ist und wartet, bis wir ihn dann gnadenlos in die Flucht schlagen können. Aber bestimmt ist das deswegen, weil wir im Zweiten Weltkrieg Russland ja auch so fair und rücksichtsvoll behandelt haben.

Also, ich hab jetzt mal alle gefragt, wie gesagt: Der Dinkel-Detlef möchte lieber nicht kämpfen, er vertraut der Bundeswehr-Verpflegung nicht, außerdem ist er laktoseintolerant. Antifa-Klaus möchte auch nicht kämpfen, sondern lieber, dass „Deutschland verreckt". Hassan und Namir haben nur gesagt „Hau ab alter Mann, sonst Messer!" und auf den Boden gespuckt.

Karl-Sören hat mich nicht gehört, weil er seine Airpods drin hatte, und Jaqueline hat gerade ein Make-up Tutorial auf TikTok geguckt. Tessa würde sofort kämpfen, darf aber nicht, weil sie seit gestern eine Frau ist, und Oleg möchte nicht, weil doch seine Großmutter aus Russland kommt.

Also, ich gucke natürlich weiter, aber vielleicht vertragen wir uns einfach mit Wladimir, denn ich befürchte, es könnte eng werden.

Die neue Gefahr

Israel hat den Iran angegriffen. Jetzt bin ich zwar nur ein Fuzzi, aber für mich fühlt sich das an wie ein lupenreiner Angriffskrieg. Also genau das, was wir Russland vorwerfen. Sprich, wir werden nun alle diplomatischen Beziehungen zu Israel abbrechen, israelische Sportler und Künstler zwingen, sich von ihrem Heimatland abzuwenden, wenn sie weiter ihren Beruf ausüben wollen, und Israel mit Sanktionen überziehen, dass denen vor Schreck der Kibbuz verrutscht. (Oder wie diese kleine Mütze heißt, die sie in Israel so gerne tragen.)

Außerdem werden wir jetzt den Vierfach-Wumms aktivieren und eine weitere Zeitenwende starten, denn die erste hat ja leider nur ein paar neue Ausgehuniformen für unsere Soldatis gebracht. Die übrigens nicht passen und ganz doll kratzen sollen. Aber das Beschaffungsamt ist dran. Im ersten Schritt werden alle neuen Ausgehuniformen wieder eingesammelt und per Hand mit Perwoll gewaschen. Bundeswehr halt! Das sind noch echte Macher.

Ja, wir brauchen diese Zeitenwende echt unbedingt, denn Israel kann jederzeit angreifen. Schließlich gibt es nirgendwo so viele Antisemiten wie in Deutschland. Wir sind ein logisches Ziel.

Herr Selenskyi hat (k)ein Näschen

Ultraböse Zungen behaupten ja immer und immer wieder, dass der anständigste Mensch der Welt, also natürlich hinter dem Erlöser-Paar Habeck-Harris, Substanzen konsumieren würde, die seinen Realitätssinn trüben. Ich glaube das auf keinen Fall.

Nein, nein, denn wenn ein Herr Voldemort Gibgeldsky es für eine gute Idee hält, im Oval Office Herrn

Trump – und damit die Hand, die ihn am Leben erhält – zu provozieren, dann kann das nicht an irgendwelchen Substanzen liegen. So blöd macht doch keine Droge, oder? Und spätestens seitdem die logopädische Königin Annalena vom Trampolin direkt ins Auswärtige Amt gefallen ist, wissen wir ja, dass Voldemorts korruptive Heimat nicht Blödaine, sondern Kokaine heißt.

Der letzte Satz hat in Ihren Augen keinerlei Sinn gemacht? Ja, wo leben Sie denn bitte schön? Seit wann geben wir einen feuchten Habeck darauf, ob irgendwas noch Sinn macht? Hauptsache ist doch, dass es schön klingt! Oder wie sonst könnten Kinderbuchautoren Wirtschaftsminister werden?

Sinn macht das alles schon längst keinen mehr. Aber lustig ist es … zumindest meistens … na ja, zumindest solange man nicht auf sein Bankkonto oder in die Zukunft blickt. Weil, dann ist es schnell Schluss mit lustig.

Der pöhse pöhse Trump

Donald Trump ist pöhse. Gott, ist der pöhse. Überraschenderweise ist er sogar noch mehr pöhse als Putin. Und das sogar ganz ohne „brutalen Angriffskrieg“ (Gab es eigentlich schon mal einen zärtlichen Angriffskrieg?)

Trump ist so pöhse, dass ihn hierzulande politische Hinterbänkler und journalistische Uni-Versager in Dauerschleife als „Faschisten“ bezeichnen dürfen. (Wobei, wer ist heutzutage eigentlich kein Faschist?)

Himmelhilf ist der Typ pöhse. Werde jetzt gleich mal recherchieren, warum? Bestimmt hat er mit einem bereits abgewählten Parlament im Schweinsgalopp Verfassungsänderungen durchgepeitscht, all seine

Wahlversprechen gebrochen und das Land weiterhin mit Migranten geflutet.

Dieser pöhse pöhse Mann in Washington. Gottseidank haben wir nur liebe liebe Politiker, ehrlich, seriös, pazifistisch und ihrem Eid treu ergeben.

9. Was den Medienfuzzi sonst so beschäftigt

Ich lebe ja in Berlin. Als geborener Münchner. Das bringt mir viel Hohn und Spott meiner früheren bajuwarischen Weggefährten ein. Wahlweise bedauern sie mich, weil ich in Berlin leben „muss“. (Muss ich gar nicht zwingend.) Oder sie machen sich über mich lustig, weil ich recht gerne in der Hauptstadt der Bundesinsolvenz Doppelmoralland lebe.

In München bekommt man fast täglich eine Belehrung:

„Ziag dei Moskn üba d’Nose!“

„Hey, die Ampel is fei rot!“

„Hob’n Sie an Kotbeutel dabei?“

Gerne werden diese Belehrungen ohne jegliche einleitende Bemerkung vorgebracht. Deswegen kann ich zum Beispiel in der Landessprache eines jeden Landes, in dem ich jemals war, „Entschuldigen Sie bitte“ sagen. Denn das ist für mich der einzig statthafte Weg, um ein Gespräch mit einem völligen Fremden zu beginnen.

In Berlin kann man mehrere Tage hintereinander verbringen, ohne ein einziges Wort zu sprechen. Speziell dann, wenn man einen Job ohne Laufkundschaft hat, so wie ich. Das empfinde ich nicht als unangenehm, denn in der Stille wachsen meine Gedanken besser.

Allerdings kann man in Berlin auch einen jungen Mann unter einem Baugerüst sitzen sehen. Er ist in einen dicken Schlafsack eingewickelt – zumindest im

Winter – und sitzt da neben seinem Rucksack. Und zwar immer! Und mit immer meine ich IMMER! Komisch, in Moskau oder Budapest habe ich sowas niemals gesehen.

Über schlechte Ideen

In Berlin trifft man selten Servicekräfte, die Deutsch sprechen. Meistens nicht ein einziges Wort. Ja, Berlin ist eine internationale Stadt, nicht umsonst heißt sie inzwischen offiziell „Kalkutta an der Spree“. Neulich habe ich mal aus Scherz auf Russisch geantwortet, blöderweise sprach das die Kellnerin dann fließend, ich nicht mal annähernd. Es kam zu Irritationen. War einfach die falsche Idee.

Eine Dame hat mir mal erzählt, wie sie mit ihrer Freundin in einen Dreier reingeraten ist. Weil sie einfach nicht wusste, was genau sie tun sollte, hat sie dem Mann die Glatze abgeleckt. Es kam zu Irritationen. War einfach die falsche Idee.

Viele Menschen haben 2025 Friedrich Merz gewählt, weil sie um jeden Preis linksgrüne Politik verhindern wollten. Es kam zu Irritationen. War einfach eine …

Dit is Berlin, wa!

Wie gesagt, ich werde von früheren Freunden, Bekannten und Kollegen aus dem stolzen Bayernland oft mitleidig bedauert, dass ich in diesem furchtbaren Berlin leben MUSS. Und ja, ich glaube, dass die meisten Menschen so denken, die noch niemals in Berlin gelebt haben. Ehrlich gesagt habe ich auch so gedacht, bevor es mich hierhin verschlagen hat. Als Besucher empfindet man Berlin als dreckig, heruntergekommen und gefährlich.

Und all das stimmt zu 100 Prozent! Berlin ist atemberaubend dreckig, das Sicherheitsgefühl hier ist ein völlig anderes als zum Beispiel in München, und nicht von ungefähr bin ich in Berlin auch schon viermal beklaut worden. Was viermal öfter ist als in allen anderen Städten dieser Welt.

Aber Berlin ist auch die Stadt, die niemals schläft, in der man alles per Lieferservice regeln kann und in der man mehr Gesichts-Tattoos bewundern kann als in einem mexikanischen Knast.

Heimat ist für mich da, wo ich mich wohlfühle, und aktuell fühle ich mich hier wohl. Das hat viel mit der Gleichgültigkeit der Berliner zu tun, denen andere Menschen einfach herzlich egal sind. Das klingt jetzt erst mal eher negativ, hat aber für einen Münchner, der sich täglich übergriffigen Blockwarten ausgesetzt sah, die grußlos die Zahl seiner Hundekot-Tüten in der Hosentasche kontrollieren wollten, durchaus auch positive Seiten.

Nun steht mein Koffer also in Berlin, und solange dieser Staat mich weitgehend in Ruhe lässt, kann das auch so weitergehen. Wenn nicht, dann gefällt mir sowieso keine Stadt mehr im Schwachkopf-Professional-Land.

Politik in Bayern

Ich bin in Bayern groß geworden, also in einer Monarchie, regiert von schwarzen Königen. Daran war nie auch nur das Geringste zu ändern. Eigentlich logisch, dass wir uns nie groß für Politik interessiert haben. Wir haben halt alle paar Jahre irgendwas gewählt, außer der CSU, und abends dann vom Fernseher erfahren, dass die CSU wieder die absolute Mehrheit errungen hat. So war das. Monarchie halt.

Als ich Produzent einer Trash-Talkshow war, wurde ich manchmal von CSU-Splittergruppen namens „Katholische Kreisbäuerinnen“ und „Evangelische Landjugendfrauen“ eingezwungen ... äh ... eingeladen. Dort bekam ich zuerst einen riesigen Schinken und ein immenses Bauernbrot geschenkt, dann trat die Organisatorin ans Mikro, bedankte sich für mein Kommen und schrie dann: „Wir, die katholischen Kreisbäuerinnen, sagen nein zu Sex, Gewalt und Gotteslästerung im deutschen Fernsehen!“

Dann wurde ich zwei Stunden lang beschimpft, bevor ich den Veranstaltungsort mit Brot und Schinken über einen nicht asphaltierten Feldweg wieder verlassen durfte, während ich über die Antwort einer Bäuerin nachdachte, die ich gefragt hatte, welche meiner Sendungen sie denn so wütend gemacht hatte. „Ich hab noch nie eine Ihrer Scheiß-Sendungen gesehen, Herr Brendel. Meine Antenne habe ich schon lange vom Dach gerissen. Mir reichen die Titel Ihrer Drecks-Sendungen.“

Warum sie ohne Fernseher eine Programmzeitschrift hat, hab ich mich dann nicht mehr getraut zu fragen. Aus Angst, den schönen Schinken nicht mitnehmen zu dürfen.

Blackout in Spanien

Es ist 2025, ich sitze an der Costa Blanca in Schwabanien und habe natürlich das Glück, dass genau jetzt Spanien den größten Blackout seiner Geschichte erlebt. Auch andere Länder sind betroffen, aber das interessiert mich natürlich herzlich wenig, denn da sitze ich ja gerade nicht.

Ich habe dadurch meine Radio-Sendung für das Internet-Radio Kontrafunk heute nicht moderieren können und somit sogar schon persönliche finanzielle Einbußen, da ich nicht zu den Menschen gehöre, die „höhere Gewalt“ in Rechnung stellen. Ich bin ja schließlich keine Ortskraft. Außerdem hätte man sowieso nichts verstanden, selbst wenn ich eine valide Internet-Verbindung gehabt hätte, weil der Dieselgenerator so laut röhrt.

Aber um ehrlich zu sein, wäre es mir selbst signifikante Opfer wert, wenn sich herausstellen sollte, dass hinter diesem europaweiten Schlamassel die bescheuerte Energiepolitik von Robert Habeck steckt. Aber bisher gibt es einen völlig anderen überraschenden Verdächtigen. Es heißt, man hätte seinen Reisepass neben einem Strommast in Andalusien gefunden. Irgend so ein russischer Name. Habe ihn schon mal gehört, weiß aber nicht mehr wo. Klingt wie Pudding.

Habemus Americam

Ein neuer Papst. Der vierte, den ich bewusst erlebe. Und, Spoiler: Es ist schon wieder keine Frau geworden. Ja, es war noch nicht mal knapp. Dafür ist es das erste Mal ein Amerikaner, und so langsam fragt man sich schon, gibt es eigentlich irgendetwas, was dieser Donald Trump nicht schafft?

Schon krass, was dieser Teufelskerl alles wuppt. Erst die von innen leuchtende Erlöserin Kamelhaar vernichtet, dann die ganze Welt befriedet, also fast, und jetzt auch noch Papst. Stundenlang habe ich ausgeharrt, bis endlich ein x-beliebiger weißhaariger Mann eine erbärmlich langweilige Rede auf Italienisch gehalten hat, die mir wieder in Erinnerung gerufen hat, dass ich nichts, aber auch wirklich nicht das Geringste mit der Kirche am Hut habe. Vielleicht bin ich auch deswegen vor Jahrzehnten ausgetreten!?

Aber dieses Rauchzeug, Konklave und so, ist schon irgendwie geil, oder? Und als visueller Mensch mag ich einfach gute Inszenierungen, bis dann dieser immer x-beliebige weißhaarige Mann den Balkon betritt. Dann ist irgendwie sofort die Luft raus. Zum Glück kam was Gutes auf Amazon Prime, „Konklave“ mit Ralph Fiennes. Und Spoiler, auch da wird keine Frau Papst, aber es ist zumindest knapper.

Habemus Wärmepumpus

Haben Sie sich auch so erschrocken, als Sie gehört haben, dass der neue Papst Robert heißt? Ich habe ja das Schlimmste befürchtet und war dann doch sehr erleichtert, als der übliche langweilige weißhaarige Brillenträger den Balkon betreten hat und nicht ein verwuschelter Erlöser mit dem Pheromone-Ausstoß eines Iltis, der sämtliche Penisträger*innen wie außen in komplette Lachnummern verwandelt.

Ich denke, das wäre auch voller Fallstricke für die Katholische Kirche gewesen. Ist es nicht erstaunlich, wie schnell der neue Papst einem völlig egal ist, sobald er diesen Balkon betreten hat? Er ist de facto in diesem Moment auf dem Höhepunkt seiner Laufbahn. Danach geht es nur noch bergab. Genau wie bei den Gewinnern von DSDS. Im Moment des Sieges geht es rasant bergab, und ein paar Wochen später ist man wieder im Bürgergeld. Habe nur gelesen, dass der neue Poperich in der Vergangenheit mal einen Twitterix-Disput mit JD Vance hatte.

Der amerikanische Vize-Präsident hatte in einem Interview gesagt: „Es gibt ein christliches Konzept, dem zufolge man zuerst seine Familie liebt, dann seinen Nächsten, dann seine Gemeinschaft, dann seine Mitbürger – und erst danach den Rest der Welt. Ein großer Teil der radikalen Linken hat das völlig auf den Kopf gestellt."

Worauf der neue Papst auf *X* antwortete:

„JD Vance liegt falsch: Jesus verlangt von uns nicht, unsere Liebe zu anderen einzustufen."

Und das geht mir schon wieder auf die Nerven. JD Vance kann ich ja noch halbwegs folgen. Er hat sich dieses „christliche Konzept" zwar auch aus dem Arsch gezogen, weil es halt gut in sein Narrativ passt, aber ich verstehe seinen Punkt.

Aber dass der neue Poperich dann so tut, als wäre er der beste Bro von Jesus und hätte das kurz nochmal mit ihm abgecheckt, ist für mich schon wieder Kindergarten. Denn auch, wenn einige jetzt wahrscheinlich aus allen Wolken fallen werden, der neue Papst und Jesus kennen sich gar nicht persönlich!

Ja, ich kann die Welten quasi einstürzen hören in diesem Moment. (Übrigens, den Weihnachtsmann gibt es auch nicht, vielleicht erklärt das, warum er jedes Jahr Papas Brille trägt.) Papst Leo denkt zwar vielleicht, dass er irgendwie mit Jesus verschmolzen ist, schließlich ist er ja sein Sprachrohr hier auf Erden. Nur konnte Jesus ja bekanntlich über Wasser gehen, wenn Leo also mit so jemandem „verschmolzen" ist, sollten wir das eventuell alles sowieso mit etwas Skepsis betrachten.

Sie werden jetzt sagen: „Meine Güte, die langweilige Bibel hätte sich ohne diese ganzen Stories doch niemals auch nur annähernd so gut verkauft." Und das stimmt ja auch, aber dann muss man schon auch klipp und klar sagen, wenn sich heute zwei erwachsene Männer darüber streiten, was jemand gesagt haben soll, der vor über zweitausend Jahren über Wasser gehen konnte, dann ist das schon ein bisschen albern.

Und die weihrauchbekifften Autoren, die das einst aufgeschrieben haben, lachen sich im Himmel wahrscheinlich jedes Mal scheckig. Übrigens weiß ich, seitdem ich „The next Uri Geller“ produziert habe, wie diese Übers-Wasser-gehen-Nummer funktioniert. Und ich sage nur so viel: Es ist sauteuer! Deswegen konnte ich sie in der Sendung nicht machen.

Das liebe Geld

So viele kluge Worte wurden schon über Geld geschrieben. Was soll da ein x-beliebiger Fuzzi noch groß beitragen?

„Geld ist nicht alles, aber ohne Geld ist alles nix.“

„Geld allein macht nicht glücklich!“

„Das letzte Hemd hat keine Taschen.“

Und so weiter und so fort. Und natürlich ist das alles auch irgendwie richtig, zumindest je nach persönlicher Situation und Einstellung. Ich hatte wenig Geld und musste mir Ausgaben genauer überlegen, dafür war der Genuss dann größer, wenn ich mir etwas leisten konnte. Dann hatte ich mehr Geld, musste weniger nachdenken, was mein Leben leichter und angenehmer machte, dafür machte mir dann Konsum weniger Spaß.

Der reichste Mensch, mit dem ich jemals persönlich zu tun hatte, kannte nur einen einzigen Weg zum Glück: Alkohol! Und er unterschied sich damit nicht im Geringsten vom ärmsten Obdachlosen in Berlin. Man sieht also, das Thema ist komplex, trotzdem bin ich der Meinung, dass das Streben nach Geld und Profit ein ungesundes Maß angenommen hat und Ursache von zu vielen Schurkereien weltweit ist. Wie viele Kriege werden wegen irgendwelcher Rohstoffe geführt? Wie viele Menschenleben und Existenzen werden aus Profitgründen ausgelöscht?

Nur, was macht man dann mit dem ganzen Geld? Wir wissen ja, dass man sich weder Glück noch das ewige Leben kaufen kann. Warum gibt es dann trotzdem eine so große Besessenheit nach immer mehr Geld? Mehr Geld, als man in vielen Leben ausgeben könnte? Ich grübele oft über diese Frage nach. Und noch mehr, seitdem ich neulich die Frage „Für wieviel Geld würdest du ab sofort auf Sex verzichten?“ gestellt bekommen habe, und mir klar wurde, dass es keine Summe gäbe.

Auch auf Sport, Lesen oder mit Menschen zu kommunizieren würde ich nicht verzichten, selbst wenn es mich zum reichsten Menschen der Welt machen würde. Ja, ich glaube ich würde auch für kein Geld der Welt behaupten, dass die Grünen eine tolle Partei sind oder bei *ARD* & *ZDF* anheuern. (Es sein denn, ich könnte beides von innen zerstören und für immer dicht machen.)

Bin ich vielleicht nicht normal? Bin ich vielleicht sogar unbestechlich? Gibt es sowas überhaupt? Wie ist das bei Ihnen? Was könnte man Ihnen niemals abkaufen?

Die Aktiv-Sau

Gerade war ich frühstücken. Auf der Karte stand Spiegelei mit Bacon von „Aktiv-Schweinen“. Darüber habe ich lange nachgedacht, speziell, als ich später auf der Karte auch noch auf „Weide-Rinder“ stieß.

Nun verbietet mir mein Glaube, auf veganes Essen auszuweichen, da ich einfach glaube, dass das scheiße schmeckt, aber sind solche Benennungen auf einer Speisekarte wirklich hilfreich? Ich hatte nun ständig diese aktive kleine Sau im Kopf, die jeden Tag fröhlich und energiegeladen beginnt, erst mal zehn Kilometer joggen geht, bevor sie sich einen Smoothie mixt, während sie ihre E-Mails durchgeht.

Und diese positive aktive kleine Person sollte jetzt mein Spiegelei verzieren? Appetitanregend war das nicht. Ich stellte mir ständig vor, wie diese aktive Sau mit vom vielreichen Tagwerk geröteten Wangen eine kleine Auszeit nimmt und sich angeregt mit dem friedlich weidenden Weiderind unterhält, als plötzlich eine rohe Tat das Aktiv-Schwein in ein Passiv-Schwein verwandelt und ein traumatisiertes Weide-Rind zurücklässt, welches urplötzlich einsehen muss, dass an all diesen Verschwörungstheorien über hinterrückse Schlachtungen doch etwas dran ist.

Ich meine, dieses Weide-Rind ist doch nie mehr dasselbe? Habe es dann bei einem Orangensaft belassen, machte mich zwar nicht satt, aber zumindest sind Orangen noch anonyme Früchte, die nicht freilaufend und aktiv Freundschaften pflegen.

Da fällt mir ein, wissen Sie, mit welchem Beruf Sie jedes unliebsame Gespräch abkürzen können? Behaupten Sie einfach, dass Sie Ingenieur wären und Maschinen konstruieren, die Küken schreddern. Nichts zu danken …

Ruhe auf der Bühne, bitte

Gehen Sie manchmal auf Konzerte? Wurden Sie da auch schon mal von Grönemeyer, Sportfreunde Stiller, Rod Stewart und Co. mit politischen Botschaften belästigt? Ich finde das so dermaßen übergriffig.

Größtenteils sind das zwar tolle Musiker, aber halt überwiegend auch Studienabbrecher. Grönemeyer zum Beispiel war zwar 23 Semester für Musik und Recht eingeschrieben, aktiv studiert hat er davon aber nur sechs. Einen Abschluss hat er natürlich nicht mal aus der Ferne gesehen.

Und der stellt sich jetzt hin und erklärt gestandenen Juristen, Historikern und gesellschaftlichen Leistungsträgern das Leben? Warum? Nur weil er Flugzeuge im Bauch hat? Hat man dann die Wahrheit mit Löffeln gefressen?

Der Linke und der Rechte haben sich beide dasselbe Ticket gekauft, sich monatelang auf das Konzert gefreut, hätten endlich mal die Chance, für ein paar Stunden die ganze Kack-Politik zu vergessen und dann müssen sie sich gezwungenermaßen wieder die wertlose Meinung eines Typen anhören, der nicht mal mehr in Deutschland lebt und 17 Semester lang einen Studienplatz blockiert hat?

Stellen Sie sich das mal bei einem klassischen Konzert vor. Da stellt sich der Dirigent ja auch nicht hin und brüllt seine politische Meinung durch den Saal. Und im Zweifel hat dieser Dirigent sogar musikalisch mehr drauf.

Ich hätte einen Vorschlag: Wenn Herbert Grönemeyer und Co. von der Bühne runter ihre politischen Botschaften verbreiten wollen, sollten Leute, die das nervt, nur die Hälfte bezahlen müssen. Schließlich wollte man ja zum Konzert und nicht zum Parteitag.

Sasha Zverev hat Gründe

Sind Sie auch ein großer Tennis-Fan? Ich liebe ja Alexander Zverev, genannt Sasha, den vielleicht größten deutschen Tennisspieler aller Zeiten. Gott, was hat der Junge schon alles gewonnen. Okay, noch keins der vier wichtigsten Turniere in diesem Sport, also Melbourne, Paris, Wimbledon oder die US-Open. Aber Stand heute hat er es auch erst 37-Mal versucht, eines dieser vier Grand-Slam-Turniere zu gewinnen, und jede Niederlage hatte auch immer gute nachvollziehbare Gründe.

Neulich zum Beispiel war sein bester Schlag, die Rückhand, über Nacht plötzlich weg. Vor dem Match war sie noch da gewesen, aber als es dann drauf ankam, einfach weg. Ich meine, das kann ja mal passieren, schließlich ist DIE Rückhand ja weiblich, also launisch.

Gegen Novak Djokovic hat er 2025 in Paris den ersten Satz gewonnen, aber dann war plötzlich die Sonne weg und hat Sashas Schläge langsamer gemacht, und da das Spiel abends begonnen hatte, kam dieser Temperaturabsturz von 2–3 Grad auch wirklich überraschend. Leider nur für Sasha, der dann die nächsten drei Sätze sang- und klanglos verlor.

Bei einem Turnier ist er ausgeschieden, weil die Waschmaschine seinen Lieblings-Wettkampfsocken gefressen hatte, und dann hatte sein Schläger auch noch einen Holzwurm. Wie bitte? Die Schläger sind schon lange nicht mehr aus Holz? Außerdem haben Profi-Tennisspieler ja unzählige Schläger? Kommen Sie mir jetzt bitte nicht mit dermaßen herbeigeschwurbelten Haarspaltereien.

Diese Hochleistungssportler sind nun mal sensibel wie Seismographen. Die spüren jede Wasserader unter dem Platz und ob an der Stelle vor 300–400 Jahren mal blutige Kriege stattgefunden haben. Schon läuft die Vorhand nicht mehr rund. Ach du meine Güte, die ist ja auch weiblich.

Ich bin auf jedem Fall guten Mutes. Sollte Sasha mal ein Turnier erwischen, bei dem 24 Stunden lang die Sonne scheint, keines seiner Haare Spliss hat und die Venus richtig zum Saturn steht, wird er sicher auch mal ein Grand-Slam-Turnier gewinnen. Sein Aufschlag ist ja sehr stabil. Na ja, heißt ja auch DER Aufschlag.

Klimawandel ist besiegt!!!

Gute Nachrichten, der Mai 2025 war nur der zweiheißeste seit der Neudefinition von Insolvenz. Der Mai 2024 war heißer! Ich habe zwar immer noch das Gefühl, dass Berlin sich doppelt so schnell erhitzt wie der Rest der Welt, halt in feucht und sehr kalt, aber jetzt ist es amtlich: Wir haben den Klimawandel zurückgeschlagen!

Was haben wir noch gelacht über diese ganzen nervigen Spinner, die sich überall hingeklebt und teure Gemälde mit Tomatensuppe bespritzt haben. Aber sie hatten alle recht! Offizielle Temperaturmessungen von ideologisch vergifteten Wissenschaftlern können ja schließlich nicht lügen. Die Temperaturen sinken, das Kleben hat geholfen. Oder die fixierten Plastikdeckel, das ist natürlich schwer zu sagen. Aber die labbrigen Papierstrohhalme, die nicht die Bohne ihren Zweck erfüllen, haben sicher auch ihren Teil beigetragen.

Ach, ich freue mich sehr. Endlich mal gute Nachrichten. Gut, für die ganzen 21-jährigen Mädels, die sich haben sterilisieren lassen, weil sie keine Kinder in diese glühende Welt setzen wollten, ist das jetzt eventuell ein wenig doof gelaufen.

Aber wer weiß, vielleicht hat das ja auch beim Gott des Klimas Eindruck geschunden und er hat deswegen die Herdplatte runtergedreht. Ihre Opfer müssen also nicht umsonst gewesen sein. Und mit dem Problem Pony wäre es rein befruchtungstechnisch wahrscheinlich sowieso schwer geworden.

Diese schreckliche schreckliche Dürre!

„Was können wir bloß tun, gegen diese schreckliche schreckliche Dürre?“ Das hört man zurzeit ja oft von Leuten mit Tagesschau-Pullover und ellenlangen

Achselhaaren. Tja, was tun gegen diese schreckliche schreckliche Dürre? Man könnte noch ein drittes „schrecklich" einfügen oder es mit einer sehr netten Dünnen probieren?

Ach, Sie sprechen von der „Hitze"? Da kann ich Sie beruhigen. Die gibt es gar nicht. Beziehungsweise schon, aber die ist nicht neu. Früher nannten wir es nur Sommer, und die Älteren unter uns haben schon völlig andere Temperaturen erlebt.

Dieses ganze Geschwafel über die „Klimakatastrophe" und „die Erde brennt" soll nur Geldquellen erschließen für skrupellose Politiker, fehlgeleitete Schwurbel-Wissenschaftler und teuflische Klima-NGOs.

Das ist so ähnlich wie mit Nordic Walking: Wenn ein Markt gesättigt ist, muss man halt neue Märkte erschließen. Und zur Not redet man den Leuten halt ein, dass Langlaufen ohne Ski the new hot shit ist. Sie sehen ja, wie viele Amöben-Menschen das glauben.

Der Mensch sehnt sich nach Verarschung. Schauen Sie sich nur die Mode an. Erinnern Sie sich noch an diese „Beduinen-Hosen", die im Schritt einen Meter durchhingen? Als ob man einen kiloschweren Kamel-Haufen in die Hose gemacht hätte. Wahrscheinlich deswegen „Beduinen-Hose". Meine Ex-Frau hatte auch so eine. Was vielleicht das Ex erklärt.

„Journalisten" und „Experten", die mitverarschen, findet man immer. Zur Not muss man sie halt bezahlen, aber oft findet man unter ihnen auch Amöben. Mit der „Dürre" ist das genauso, denn wie lautet der Spruch? Wenn etwas hüpft wie ein Frosch, aussieht wie ein Frosch und quakt wie ein Frosch … ist hier auch anwendbar. Wenn etwas sich anfühlt wie ein stinknormaler Sommer, bloß mit relativ viel Regen, dann ist es auch einer.

Das Problem-Pony

Meine woke Tochter findet Komplimente von Männern „schwierig“. (Das scheint so ein wokes Ding zu sein? Wir hatten ja bereits darüber gesprochen.) Ich habe sie beruhigt und gesagt, dass sie bei ihrer Frisur da in Sicherheit sei. Aktuell ist der Kontakt jetzt etwas eingeschränkt. Ich darf zwar noch meine Unterhaltszahlungen leisten, aber sonst sollte ich mir nichts erwarten.

Ja, sie hat viel Haltung, aber wenig Rückgrat, meine Kleine. Apropos, da kommt mir immer dieser Witz in den Sinn: Kommt ein sehr kleiner Cowboy vom Friseur – Pony weg.

Wenn ich mir einige der aktuellen „Frisuren“ anschaue, denke ich mir oft: Haben wir ein Problem mit Friseur-Betrug in Deutschland? Früher gab es doch diese Zahnärzte, die sich per Wochenend-Seminar zum „Schönheits-Chirurgen“ haben ausbilden lassen und am Montag dann Fett abgesaugt und Nasen gerichtet haben. Vielleicht hat dieses Phänomen jetzt auch die Friseur-Branche erreicht?

Was, wenn unsere Friseure hierzulande größtenteils keinerlei Ausbildung haben und eine Heckenschere kaum von einem Barttrimmer unterscheiden können? Bei meinem letzten Friseur – haben ich dann doch mal nach Meister- oder Gesellenbrief gefragt.

Aber Salim hat mich nur mit großen Augen angeschaut und mit seiner Schere geklimpert. Wir haben es dann wie immer gemacht. Sieht gut aus. Aber Sie wissen ja, einen schönen Menschen …

Kaulitz & Kaulitz

Ich liebe ja die Netflix-Serie „Kaulitz & Kaulitz“, nicht nur wegen der liebevollen Beziehung, die die Zwillingsbrüder miteinander haben, sondern auch, weil diese Serie ungefähr hundertmal mehr für die Akzeptanz der Homosexuellen tut als die aggressive Beflaggung Deutschlands mit der Flagge der LGBTQ-Faschisten.

Meiner Meinung nach hatte unsere Gesellschaft schon eine Menge erreicht, was Gleichberechtigung betraf, und völlig selbstverständlich haben wir mit schwulen Kollegen und lesbischen Kolleginnen zusammengearbeitet, -gefeiert und -gelebt.

Das hat sich verändert, seitdem politische Ideologen dieses Thema instrumentalisiert haben und damit jetzt eine eigene toxische Agenda fahren, die sich nicht im Geringsten für mehr Toleranz und Gleichberechtigung einsetzt, sondern eher für das Gegenteil. Denn Heterosexuelle permanent damit zu beschallen, dass sie intolerant und homophob wären, wenn sie nicht mindestens bisexuell sind, ist ungefähr genauso progressiv, wie einer lesbischen Frau zu sagen, dass da nur der richtige Kerl kommen müsste.

Ein liebevoller, fröhlicher und mutiger schwuler Mann wie Bill Kaulitz trägt da einfach wunderbar zur Entspannung bei. Denn nicht alle aus dieser Community sind so fanatisch, aggressiv und intolerant, sondern die meisten sind einfach wie Bill Kaulitz. Liebenswert, positiv verrückt und eine bunte Bereicherung für jede Gesellschaft.

Die Bundesinsolvenz in a nutshell

Neulich habe ich eine Reise gemacht. Am Morgen erfahre ich aus der App, dass die S-Bahn wegen einer Mischung aus Streik und Bauarbeiten nicht fährt. Der Uber-Fahrer kommt erst nach 20 Minuten, wahrscheinlich, weil die S-Bahn nicht fährt, das tut dem

Verkehr in Großstädten selten gut. Aber ich frage ihn lieber nicht, denn sein Name ist zwar Wagih, was „angesehener Mann“ bedeutet, aber mir ist lieber, dass der angesehene Mann sich den dichten Verkehr ansieht.

Während mir die knappe Zeit durch die Finger rinnt wie Wasser, bekomme ich eine E-Mail: „Guten Tag Herr Brendel, Ihr Flug ist fast vollständig ausgebucht, deswegen muss Handgepäck auch aufgegeben werden. Aber elektronische Geräte müssen mit in die Kabine genommen werden.“

Mein Handgepäck besteht ausschließlich aus elektronischen Geräten. Eigentlich ist nur der Rucksack drumherum nicht elektronisch. Am Flughafen angekommen erfahre ich, dass ich 2,7 kg Übergepäck habe und zu einem anderen Schalter muss, wo ich dafür 150 Euro bezahlen darf. Auf meine Frage, ob mein Geld das Flugzeug leichter macht, ernte ich nur einen entnervten Blick. Kurz vor der rettenden Kabinentür werde ich rigoros gestoppt und meines Handgepäcks entledigt. Also meines quasi leeren Rucksacks, meine elektronischen Geräte jongliere ich einzeln per Hand in die Kabine, wobei ich ein LAN-Kabel um den Hals trage.

Als ich schweißgebadet auf meinem Mittelplatz sitze, obwohl ich Gang gebucht hatte, aber die Reservierung hat sich aus magischen Gründen kurzfristig geändert, sitzt ein Mann grinsend am Fenster. Anscheinend hatte er kein Übergepäck und hat deswegen gute Laune. Er wiegt geschätzt 300 Kilo.

Wenn einer eine Reise tut

Am Flughafen. Kaffee, Brötchen warm (kalt wäre es nicht billiger gewesen) und ein Muffin für 21 Euro. Das Kreditkarten-Ding fragt mich, ob ich Trinkgeld geben möchte? Ich möchte zurückfragen, „Wieso? Muss ja alles selbst zu einem wackligen Tischchen tragen?“, finde dafür aber keinen Knopf und gebe 10 Prozent.

Bin ja in einem Alter, wo der Kopf manchmal noch reflexhaft Euro in D-Mark umrechnet. Sprich, auf meinem wackligen Tischchen stehen jetzt Waren im Gegenwert von einst 80 Kugeln Eis. Ich weiß, so darf man nicht denken, aber was soll ich tun? Die Gedanken extrem jung gebliebener weißer Männer sind nun mal von ihren Erfahrungen geprägt. In zehn Jahren sitzt auf meinem Platz vielleicht mal ein Ens, trinkt Kaffeeplörre für 123 Euro und ärgert sich, weil in der Speisekarte nur 71 Geschlechter genannt werden.

Aber jetzt bin ich es halt, der hier Eiskugeln für 50 Pfennig im Kopf hat, während er in sein lauwarmes Brötchen beißt. Was übrigens komisch schmeckt … Moment, hab ein Stück der Papier-Serviette mitgegessen. Wobei – die war noch das Leckerste. Ach, mein Flug hat eine Stunde Verspätung. Wahrscheinlich kommt der Pilot mit der Bahn.

Wenn einer Reise tut II

Gerade wurde im Flugzeug einem Kleinkind von den Eltern das iPad entrissen. Was dann losbrach, kann ich nur als brutalen Angriffskrieg im Mittelstreckenflug bezeichnen.

Es wurden die Nerven der gesamten Economyklasse ohne jegliche Empathie attackiert, ein Wutgeschrei der übelsten Sorte. Ein nicht enden wollendes Stakkato an schrillen Schreien, gepaart mit einer äußerst dünnen Argumentationskette, denn schließlich kann dieses Darmausgangs-Kind kaum sprechen. Also maximal auf dem Englisch-Niveau einer ehemaligen Außenministerin, die ebenfalls nicht verhandlungssicher war.

Jetzt weiß ich auch endlich, was dieser ganze Gender-, Queer- und Trans-Gaga soll. Man muss die kleinen überflüssigen Racker möglichst früh von ihren schlechten Charakteren ablenken. Sonst hat man ja keine ruhige Minute mehr. Übrigens, ich glaube, das Kind hieß tatsächlich Annalena.

Die Hauptstadt von Ghana?

Ich finde Amerika ja toll. Schon mit 17 war ich das erste Mal dort. Sogar allein, ohne Mama und Papa und bereits mit einer Kreditkarte ausgestattet, für die meine Eltern zwar gebürgt hatten, aber das Geld, dass ich damit in die amerikanische Wirtschaft pumpte, musste ich allein auftreiben. Insgesamt waren es neun Besuche im Land of the free, und ein zehnter wird mir vielleicht verwehrt bleiben, da ich 2023 auch mal in Kuba war, und anscheinend kann das zu Visa-Problemen führen. Aber selbst wenn, war es mir das wert. Jedes Mal kam ich mit neuen Anekdoten über die amerikanische „Dummheit" zurück. Einige Beispiele:

Einmal wurde ich gefragt, ob London ein Land oder eine Stadt in Deutschland wäre. Ein anderes Mal, ob der Mount Everest sich nicht in meinem Geburtsland befinden würde und ob unser Staatsführer Fidel Castro wäre. Sicherlich fragen auch heute noch diverse Amerikaner, ob man aus Ost- oder Westdeutschland käme und ob Adolf Hitler noch am Leben wäre.

Als ich mich eines Tages mal wieder lautstark über die „dummen Amis" erhob und meine Geschichten zum Besten gab, nahm mich einer meiner Zuhörer dezent zur Seite, um mich zu fragen, was ich denn so über Afrika wissen würde? Welche Staatsform herrscht in Nigeria? Wie heißt die Hauptstadt von Ghana? Oder wie der Präsident von Burkina Faso? Und da wurde mir klar, ich bin genauso doof wie die Amis. Nur anders.

Die Antworten habe ich inzwischen aber nachgeschlagen:

Nigeria ist eine Präsidentielle Republik, genau wie wir.

Die Hauptstadt von Ghana ist Accra, und das Staatsoberhaupt von Burkina Faso ist ein Militäroffizier namens Ibrahim Traoré, der nach einem Staatsstreich 2022 die ganze Chose übernommen hat und mit seinem Geburtsjahr 1988 aktuell das jüngste Staatsoberhaupt der Welt ist.

10. Halb Mensch, halb Fuzzi

Als Satiriker sucht man ja permanent nach neuen Themen, die man parodieren oder überspitzen kann. Aber das ist in den letzten Jahren immer schwieriger geworden. Denn nuschelnde Kinderbuchautoren, verbal irrlichternde Zahlengenies und unförmige, abschlusslose, nie gewählte Volksvertreter lassen wirklich wenig Luft für Überspitzung.

Nun ist die Ampel zwar weg, aber übergangslos sind ein historisch unbeliebter Zufalls-Kanzler und ein migränegeplagtes Problem-Pony, mit absolut nichts hinter eben diesem Pony, nachgerückt. Letztere hat neulich sogar gefordert, dass die Bahn, die zu 100 Prozent dem Staat gehört, verstaatlicht werden muss. Dagegen war ja der Insolvenz-Analphabet quasi Einstein.

Sie sehen also, die aktuelle Politik ist für Satiriker ein unsicheres Pflaster geworden. Und dabei habe ich die ganzen Strafanzeigen, Hausdurchsuchungen und Kontolöschungen noch gar nicht erwähnt.

Also habe ich mich mal umgeschaut, ob es eventuell andere Themengebiete gibt, auf die ich setzen könnte? Und auf welche Schlagzeile stoße ich: „Unter uns-Star Stephen Dürr nutzt eigenes Sperma als Gesichtscreme“

Herrgott nochmal, wollen die mich verarschen?

Ihr werdet alle(s) verlieren!

Ihr hattet mich doch!

Ich hab sogar mal die Grünen gewählt und auch die FDP. Okay, zwar nur in Bayern, wo das verlorene

Stimmen sind, ähnlich wie für die Tierschutzpartei, aber trotzdem …

Ich habe unseren Medien vertraut, unserem System, auf der ganzen Welt gepredigt, dass wir nicht korrupt sind und alles nachgebetet, was mir vorgegeben wurde, und – Herrgott nochmal – ich habe mir sogar dreimal eure wirkungslose Impfung geben lassen, die anscheinend Leben auch beenden kann.

Ich habe euch so viele Steuern bezahlt, schon mit 14 irgendwelche Blödel-Jobs gemacht, nie BAföG oder Bürgergeld beantragt. Ich habe nie genommen, sondern immer nur gegeben und mich an alle Gesetze und Regeln gehalten.

Und zum Dank grenzt ihr mich aus, weil ich Russland mag? Ihr zensiert mich in den sozialen Medien, weil ich harmlose Witzchen über euch mache? Und weiß Gott, was ihr noch tun werdet.

Wenn ihr Leute wie mich verliert, die von Natur aus eher gutmütig, faul und nicht rebellisch sind, dann werdet ihr irgendwann wirklich jeden verlieren! Und die Wenigen, die dann noch an euch glauben, werdet ihr nicht wollen. Denn es werden die sein, mit denen keine Gesellschaft viel anfangen kann.

Die wahrsten aller Wahrheiten – Eine Anleitung

Im besten Deutschland seit Neu-Definition des Insolvenzrechts gibt es ja einige Diskussionen über Hass, Hetze und Desinformation. Und viele von Ihnen haben mich noch kein einziges Mal um Rat gebeten. Deswegen habe ich mal einige unumstößliche Wahrheiten für Sie zusammengestellt, mit denen Sie niemals anecken werden:

- Der Ukraine Konflikt hat keinerlei Vorgeschichte. Putin hat ihn einfach begonnen, weil er pöhse ist und neben den anderen pöhsen Dingen, die er tut, einfach noch Zeit übrighatte. (Neulich ist mir übrigens der Schnürsenkel gerissen, früher hätte ich das auf Materialermüdung geschoben, heute weiß ich, dass Putin schuld ist.)

- Joe Biden war der beste US Präsident aller Zeiten.
- Donald Trump wollte nur US Präsident werden, um sich persönlich zu bereichern.
- Joe Biden war der beste US Präsident aller Zeiten.
- Russland hat einen brutalen, völkerrechtswidrigen Angriffskrieg begonnen, und das ist echt eine Sauerei.
- Israel hat ein Recht auf Selbstverteidigung.
- Wir werden alle sterben.
- Joe Biden war der beste US-Präsident aller Zeiten.
- Deutsche sind viel krimineller als Ausländer.
- Wir müssen allen Asyl geben.
- Niemand ist illegal, nicht mal die Illegalen.
- Transfrauen sind Frauen. Aber es sind immer Männer, nie Messer.
- Die Opposition ist eine Gefahr für unsere Demokratie.
- Parteienverbote sind die Wiege der Demokratie.
- Die Ukraine ist auch die Wiege der Demokratie.
- Der Hindukusch liegt jetzt in der Ukraine.
- Frieden ist räääächtz und sollte verboten werden.
- Nur Waffen können Frieden schaffen. (Aber nur Waffen, mit denen man auch zuverlässig töten kann. Steinschleudern und Luftgewehre sind eher ungeeignet zur Friedenssicherung.)
- Russland ist unser Feind. Das war schon immer so.
- Wir müssen uns ständig unserer Vergangenheit bewusst sein. (Dabei aber die paar russischen Toten im Zweiten Weltkrieg stabil ausblenden.)

- Demokratische Früherziehung muss schon im Mutterleib beginnen.
- Wahlen sind nur dann gültig, wenn der „Richtige“ gewinnt. Alle anderen Wahlen sind gefälscht.
- Transfrauen sind Frauen.
- Eine Zensur findet nicht statt, nur täglich und permanent.
- Selbstverständlich darf man in Deutschland alles sagen! Nur halt nicht laut.
- Robert Habeck ist der beste, klügste und schönste Politiker, den wir jemals hatten. Unter ihm ging es der Wirtschaft hervorragend! Nur die Zahlen waren schlecht, alles andere war super. Außerdem hat er die verteuerbaren Energien entfesselt, wofür wir ihm noch ewig dankbar sein werden. Spätestens nach dem ersten nationalen Blackout, wenn die Plünderungen aufgehört haben und die Toten gezählt sind.
- Deutschland muss „kriegstüchtig“ werden, denn „verteidigungstüchtig“ ist nur für Pussies.
- Russland ist unser Feind.
- Kamala Harris leuchtet von innen und könnte die Welt retten. Gesetzt dem Fall, sie tut sich mit Annalena Baerbock zusammen.
- Ricarda Lang und Kevin Kühnert haben zwar keinen Hochschulabschluss, sind aber trotzdem politische „Jahrtausendtalente“.
- Auch linke Straftaten sind rechte Straftaten.
- Ein Bademantel ist einfach nur ein Kleidungsstück und wird hauptsächlich in der Sauna getragen.
- Der öffentlich-verächtliche Gebührenschänderfunk ist neutral, sachlich, investigativ und schaut der Regierung auf die Finger. Leider ist er völlig unterfinanziert und kann sich kaum noch die Pensions-

zahlungen für verdiente alte Propaganda-Recken leisten.

- Transfrauen sind Frauen und können schwanger werden.
- Fixierte Plastikdeckel werden die Welt retten.
- Trotzdem werden wir alle verglühen.
- 16 Grad sind die neuen 42 Grad. Und jeder Monat ist der heißeste seit dem Urknall. Unabhängig von jeglicher Temperaturmessung.
- Alle Länder erwärmen sich schneller als der Rest der Welt.
- Russland ist unser Feind und Joe Biden war der beste US-Präsident aller Zeiten. Nur eine Transfrau könnte das besser machen. Also, jetzt nicht das mit Russland, aber sonst alles.
- Alerta, Alerta, meine Eltern sind Geschwister.
- Links geht es zur nächsten Demo gegen Rechts.
- Die Welt wird sich ein Beispiel an Deutschland nehmen und uns in allem folgen.

So, mit all diesen gesichert wahrextremen Wahrheiten sollten Sie hierzulande gut durch den Alltag kommen und haben keinerlei Probleme zu befürchten. Im Gegenteil, wenn Sie diese Thesen nur oft genug wiederholen, ist sogar das Bundesverdienstkreuz drin.

Feiglinge

Was veranlasst Menschen, jemand Wildfremden im Internet direkt anzuschreiben und mit Beleidigungen zu überziehen? Was mir täglich im Internet geschrieben wird, hat mir noch niemals jemand im realen Leben ins Gesicht gesagt. Die linksgrünen Kobalt-Kobolde teilen digital aus wie Blücher, rennen dann aber weinend zu Papa Habeck, wenn sie eine Antwort bekommen. (Nur so kann ich mir übrigens die Trillionen von Strafanzeigen erklären, die der grüne Menschenfreund und Küchentischschänder tagtäglich veranlasst.)

Mir ist klar, dass gerade die Allerfeigsten unter uns irgendein Ventil brauchen, um sich wenigstens mal für ein paar Sekunden stark und wirkungsfähig zu fühlen, aber das ist eine Illusion. Was zählt, ist auf dem Platz. Und wer im realen Leben nicht das Maul aufbekommt, der ist, was er ist: ein schlafschafiger Mitläufer, der so lange im Schatten bleiben wird, bis er Manieren lernt – also für immer.

Auf ein Wort

Einige der Kapitel, die Sie gerade gelesen haben, habe ich natürlich vorab an wohlmeinende Mitmenschen geschickt. Vorrangig, weil der Mensch ja ständig um Anerkennung, Lob und Bestätigung kämpft, nachrangig, um ein Feedback zu bekommen.

Und was soll ich sagen, sehr zu meinem Missfallen überwog das Feedback. Oft musste ich hören, dass zwischen den Zeilen viel Resignation und Verbitterung zu hören/lesen sei. Geht Ihnen das auch so? Das gibt mir natürlich zu denken. Resignation ist wirklich zu nullkommanull Teil meiner Persönlichkeit, im Gegenteil. Mein Sein wird, seitdem ich denken kann, getragen von einer fast schon kindischen Euphorie, einem naiven Enthusiasmus, der unerschütterlich die beste Zeit immer in der Zukunft vermutet.

Verbittert empfinde ich mich auch nicht im Geringsten. Sehe selbst meine schwersten Schicksalsschläge im Rückblick als Wegweiser und habe keine gesteigerte Angst vor Neuem – höchstens den angemessenen Respekt, den man vor dem Leben haben sollte.

Aber wenn ich nun wirklich so klinge? Und Sie werter Leser, das eventuell auch so empfinden? Dann sieht man mal, was ein paar Jahre Ampel aus einem fröhlichen Menschen machen können.

Tipp eines Fuzzis

Neulich schrieb mir jemand in die Kommentare: „Du scheinst das alles ja noch recht amüsant zu finden, also mir vergeht langsam das Lachen." Und ich konnte die latente Genervtheit in diesen Zeilen durchaus verstehen.

Am Tag an dem ich diese Zeilen schreibe, fliegen Raketen zwischen Israel und dem Iran, ein gewisser Voldemort Gibgeldsky aus dem Osten sieht deswegen die Aufmerksamkeit für seine Belange schwinden und droht mit Angriffen bis tief ins russische Territorium hinein, und wenn man täglich viele Medien konsumiert, bekommt man das Gefühl, dass die alltägliche Gewalt explodiert, und lebt in ständiger Angst, selbst ein Opfer zu werden.

Aber unsere Lebensspanne ist zu kurz, um in Angst zu leben. Ja, das klingt wie ein Kalenderspruch, was daran liegt, dass es auch einer ist. Aber mit Kalendersprüchen und Bauernweisheiten kann man recht weit kommen im Leben. Es gibt keinen Menschen weltweit, der keine Sorgen hat. Entscheidend ist immer, wie man damit umgeht. Und das ist ein täglicher Prozess.

Ich war mal gelähmt, habe meine Eltern früh verloren, drei Ehen in den Sand gesetzt und lebe jetzt in einem Land, dem ich nicht mehr vertraue. Meinem Geburtsland. Das Land, dessen Sprache ich spreche. Wallah.

Ich habe kein Vertrauen mehr, dass dieses Land mich fair behandeln wird, ich habe kein Vertrauen mehr, dass meine Rechte und meine Freiheit gewahrt sind und auch kein Vertrauen mehr, dass dieses Land eine großartige Zukunft hat.

Aber wissen Sie was? Geschissen drauf. Solange ich noch einen Funken Leben in mir habe, kann ich für mein Glück kämpfen, mich immer wieder ermahnen, dass in jeder Tragödie auch Komödie steckt, dass ein Lächeln schon etwas verändern kann und dass der FC Bayern mich noch gut unterhalten wird.

Ich kann davon träumen, dass wir eines Tages alle Politiker, ihre Tastatur-Aktivisten und Oberschlundganglien-Experten nach Berlin karren und eine Mauer drumherum bauen. (Ich wäre davor natürlich ins schöne Ostdeutschland geflüchtet.)

Und dass im Paradies 72 Jungfrauen auf mich warten. Was die Hölle für mich wäre, denn wer will sich schon auf ewig mit sechs Dutzend Zicken herumschlagen? Aber ich würde es als gerechte Strafe für mein loses Mundwerk zu Lebzeiten akzeptieren und das Beste daraus machen. Denn besser Jungfrau als woke.

Wer hat an der Uhr gedreht …

… ist dieses Buch wirklich schon zu Ende? Na gut, dann soll es so sein. Vielleicht komme ich ja wieder!?

Allein der Titel dieses Buches kann zu wüstesten Verleumdungen linksgrüner Irrationalisten führen, denn gegen woke zu sein, setzt einen ja heutzutage gleich mit ideologischen Massenmördern. Muss man sich mal vorstellen. Aber ehrlich gesagt, würde das ja nur meine These bestätigen.

Ich weiß, für was ich stehe und gegen was ich bin, dafür brauche ich keine gehypten Modewörter und keine heuchlerischen Bewegungen. Ich bin gegen jedwede Form von Ungerechtigkeit, Gewalt und Machtmissbrauch, gegen immer einfachere Lösungsansätze in einer immer komplexeren Welt. Ich bin für echte Demokratie, gerne auch für direkte Demokratie.

Ich bin gegen jedwede Form von Krieg; und ich bitte ausdrücklich jeden, der Kriege unterstützt, bitte sofort in einen zu ziehen. Es gibt wahrlich genug davon auf dieser Welt, jeder gratismutige Couch-General, auch weibliche mit turmhohen weißen Haaren, hätte wahrlich genügend Möglichkeiten, den feigen Worten Taten folgen zu lassen und einzusehen, wie furchtbar furchtbar dumm er oder sie war.

Ich bin für Humor, Gelassenheit und Toleranz ohne Ideologie, dafür, einfach nett zu sein und so viel wie möglich zu lächeln. Ich bin für möglichst große individuelle Freiheit und dafür, dass die Starken den Schwachen helfen.

Und am Ende bin ich einfach nur ein Muzzi. Halb Mensch, halb Fuzzi.